Jenny Offill
Wetter

PIPER

Zu diesem Buch

Lizzie Benson, Bibliothekarin mit Hang zu apokalyptischen Gedanken, geht seit Jahren ihrer Berufung als Amateur-Psychologin nach: Sie kümmert sich um ihre gottesfürchtige Mutter und ihren Ex-Junkie-Bruder. Deshalb sagt sie auch zu, als ihre alte Mentorin Sylvia sie bittet, die Fanpost zu ihrem alarmistischen Podcast »Komme, was wolle« zu beantworten. So beschäftigt Lizzie sich mit besorgten Linken, die die Klimakatastrophe kommen sehen, ebenso wie mit den Ultrakonservativen und deren Sorge um den Untergang der westlichen Zivilisation. Immer seltener aber gelingt es ihr, hoffnungsfrohe Töne anzuschlagen: Wie kann sie selbst, fragt sich Lizzie, nur ihr privates Gärtchen wässern, wenn die ganze Welt in Flammen steht? Muss sie auf der Stelle ihr Leben ändern? Oder sollte sie sich einfach schleunigst in Sicherheit bringen?

»›Wetter‹ führt uns mit erschütternder Wucht eine präapokalyptische Welt vor Augen, in der sich Individuen in radikale Ideologien flüchten; in der Weltuntergangspropheten, Evangelikale und ein skrupelloser Präsident dubiose Wahrheiten verbreiten.«
NZZ »Bücher am Sonntag«

Jenny Offill, Jahrgang 1968, gilt als eine der wichtigsten amerikanischen Autorinnen ihrer Generation. »Wetter«, nach »Amt für Mutmaßungen« ihr zweiter ins Deutsche übersetzter Roman, stand auf der Shortlist des Women's Prize for Fiction und wurde unter anderen von der New York Times und Esquire zu den besten Romanen des Jahres 2020 gezählt.

Jenny Offill

Wetter

Roman

Aus dem amerikanischen Englisch
von Melanie Walz

Mehr über unsere Autorinnen, Autoren und Bücher:
www.piper.de

Wenn Ihnen dieser Roman gefallen hat, schreiben Sie uns unter Nennung des Titels »Wetter« an *empfehlungen@piper.de*, und wir empfehlen Ihnen gerne vergleichbare Bücher.

Inhalte fremder Webseiten, auf die in diesem Buch hingewiesen wird, macht sich der Verlag nicht zu eigen und übernimmt dafür keine Haftung.

Ungekürzte Taschenbuchausgabe
ISBN 978-3-492-31888-4
Juni 2022
© Jenny Offill 2020
Titel der englischen Originalausgabe:
»Weather«, Alfred A. Knopf, New York 2020
© der deutschsprachigen Ausgabe:
Piper Verlag GmbH, München 2021
Umschlaggestaltung: zero-media.net, München
nach einem Entwurf von John Gall
Umschlagabbildung: John Gall
Satz: Satz: Satz für Satz, Wangen im Allgäu
Gesetzt aus der Fournier MT
Druck und Bindung: CPI books GmbH, Leck
Printed in the EU

Für Lydia

NOTIZEN VON EINER VERSAMMLUNG
IN MILFORD, CONNECTICUT, 1640:

*Beschlossen, dass die Erde dem Herrn gehört
samt all ihrer Fülle; beschlossen,
dass die Erde den Heiligen gegeben wurde;
beschlossen, dass wir die Heiligen sind.*

EINS

Morgens kommt die weitgehend Erleuchtete herein. Es gibt unterschiedliche Stadien, und sie denkt, sie befände sich im vorletzten. Dieses Stadium kann man nur mit einer japanischen Wendung beschreiben. Sie lautet »Eimer voll schwarzer Farbe«.

Ich verbringe einige Zeit damit, Bücher für den hilflosen Bibliotheksadlatus zusammenzustellen. Er schreibt seit elf Jahren an seiner Dissertation. Ich gebe ihm stapelweise Kopierpapier. Büroklammern und Stifte. Er schreibt über einen Philosophen, von dem ich noch nie gehört habe. Er sei unbedeutend, aber hilfreich, hat er mir erklärt. Unbedeutend, aber hilfreich!

Doch gestern Abend hat seine Frau einen Zettel an den Kühlschrank geklebt. *Bringt das, was du da gerade tust, Geld ein?*, stand darauf.

Der Mann in dem abgetragenen Anzug will nicht, dass ihm seine Mahngebühren erlassen werden. Er ist stolz darauf, unsere Institution zu unterstützen. Das blonde Mädchen mit den abgekauten Fingernägeln kommt nach dem Lunch vorbei und geht wieder mit einer Handtasche voller Toilettenpapier.

Ich stelle mich einer Theorie über das Impfen und einer über den Spätkapitalismus. »Wünschen Sie sich manchmal, wieder dreißig zu sein?«, fragt der Fachmann für einsame Herzen. »Nein, nie«, sage ich. Ich erzähle ihm den alten Witz über Zeitreisen.

Zeitreisende werden hier nicht bedient.
Ein Zeitreisender betritt die Bar.

Auf dem Nachhauseweg komme ich an der Frau vorbei, die Kreisel verkauft. Wenn die Studenten richtig stoned sind, kaufen sie manchmal welche. »Heute keine Kunden«, sagt sie. Ich suche einen für Eli aus. Er ist blau und weiß, sieht aber bläulich aus, wenn er sich dreht. Vergiss nicht die Fünfundzwanzig-Cent-Münzen, fällt mir dabei ein.

In der Bodega gibt Mohan mir eine Rolle Münzen. Ich bewundere seine neue Katze, aber er meint, sie sei ihm nur zugelaufen. Er will sie trotzdem behalten, weil seine Frau ihn nicht mehr liebt.

»Ich wünschte, du wärst ein richtiger Seelenklempner«, sagt mein Mann. »Dann wären wir reich.«

. . .

Henry ist zu spät dran. Und das, nachdem ich einen Fahrservice bestellt habe, um mich nicht zu verspäten. Als ich ihn endlich sehe, ist er pitschnass. Kein Mantel, kein Regenschirm. Er bleibt an der Ecke stehen und gibt der Frau im Müllbeutelponcho Kleingeld.

Mein Bruder hat mir einmal erzählt, dass ihm die Drogen fehlen, weil sie das Geschrei der Welt in seinen Ohren abgestellt haben. »Klingt logisch«, sagte ich. Wir waren im Supermarkt. Um uns herum wollten Dinge ihre wahre Natur verkünden. Aber ihre Ausstrahlung war schwach und noch schwächer in dem Gedudel der schrecklichen Supermarktmusik.

Ich versuche ihn schnell aufzuwärmen: Suppe, Kaffee. Er sieht gut aus, finde ich. Klare Augen. Die Kellnerin macht neuen Kaffee, flirtet mit ihm. Passanten hielten früher meine Mutter auf der Straße an. Was für eine Verschwendung, sagten sie. Solche Wimpern bei einem Jungen!

Jetzt nehmen wir noch mehr Brot. Ich esse drei Scheiben, während mein Bruder mir von seinem Drogenhilfe-Treffen erzählt. Eine Frau ist aufgestanden und hat über Antidepressiva geschimpft. Was sie am meis-

13

ten aufgeregt hat, war, dass die Leute sie nicht richtig entsorgen. Man hat Würmer aus der Kanalisation untersucht und festgestellt, dass sie hohe Konzentrationen von Paxil und Prozac enthielten.

Wenn Vögel diese Würmer fraßen, flogen sie nicht weit, bauten kompliziertere Nester, wirkten aber desinteressiert daran, sich zu paaren. »Aber waren sie glücklicher?«, frage ich ihn. »Haben sie an irgendeinem Tag auch mehr erledigt?«

. . .

Das Fenster in unserem Schlafzimmer steht offen. Wenn man sich hinausbeugt und den Hals verdreht, kann man den Mond sehen. Die Griechen dachten, er sei der einzige der Erde ähnliche Himmelskörper. Pflanzen und Tiere bewohnten ihn, die fünfzehnmal stärker waren als unsere.

Mein Sohn kommt herein, um mir etwas zu zeigen. Es sieht aus wie eine Schachtel Kaugummi, aber wenn man etwas davon nehmen will, springt einem eine Metallfeder gegen den Finger. »Tut mehr weh, als man denkt«, warnt er mich.

Autsch.

Ich sage, er solle aus dem Fenster sehen. »Das ist ein zunehmender Mond«, sagt Eli. Er weiß inzwischen so viel über den Mond, wie er je wissen wird, vermute ich. In seiner alten Schule haben sie ihm ein Lied zum Auswendiglernen aller Mondphasen beigebracht. Manchmal singt er es für uns beim Abendessen, aber nur, wenn wir es nicht verlangen.

Dem Mond geht es gut, denke ich. Niemand macht sich Sorgen über den Mond.

. . .

Die Frau mit dem Megafon steht heute Morgen an der Schultür. Sie fordert die Eltern auf, draußen zu bleiben und die Kinder dort hinter der roten Linie abzuliefern. »Sicherheit geht vor!«, schreit sie. »Sicherheit geht vor!«

Aber manchmal muss Eli weinen, wenn er in diesem lauten Gedränge abgesetzt wird. Er geht nicht gerne allein von einer Seite der großen Cafeteria zur anderen. Einmal stand er stocksteif mitten in dem Raum, bis ein Helfer ihn am Ellbogen nahm und zu seinem Platz schubste.

Also rennen wir heute los und flitzen an ihr vorbei zum vorgesehenen Treffpunkt. Sein Freund ist schon da und hat Tiercracker mitgebracht, und ich kann gehen, ohne dass es Tränen gibt, aber nicht, ohne dass die Megafonfrau mich anschreit. »Keine Eltern! Eltern dürfen ihre Kinder nicht begleiten!«

Mein Gott, wie sie dieses Megafon liebt. Etwas schießt durch meinen Körper, wenn ich ihre Stimme höre, aber dann bin ich draußen auf der Straße und ermahne mich, nicht nachzudenken.

Ich darf nicht darüber nachdenken, wie groß diese Schule ist oder wie klein er ist. Diesen Fehler habe ich bei anderen Gelegenheiten gemacht. Inzwischen müsste ich mich an die Umstände gewöhnt haben, aber manchmal lasse ich mich aufs Neue verschrecken.

. . .

Den ganzen Tag mürrische Professoren. Die mit festem Lehrstuhl sind die mürrischsten. Sie rauschen an den Leuten vorbei, die anstehen, um ein Buch abzuholen oder Bestelllisten aufzusetzen. Studien haben bewiesen, dass vierundneunzig Prozent aller Collegeprofessoren denken, sie würden mehr arbeiten als die anderen.

Neulich hat man uns einen Leitfaden gegeben. *Tipps für den Umgang mit Problemkunden*. Professoren waren darin nicht erwähnt. Hier die folgenden Kategorien:

Übel riechend
Summt
Lacht
Verstörend
Waschzwang
Streitsüchtig
Schwätzt
Einsam
Hustend

Aber wie soll ich den älteren Herrn einordnen, der mich dauernd nach dem Passwort für seinen E-Mail-Account fragt? Ich versuche ihm zu erklären, dass ich es nicht kennen kann, dass nur er es kennt, aber er schüttelt einfach den Kopf auf die empörte Art, die besagt: Was ist das für eine Auskunft?

. . .

Es gibt ein Plakat von Sylvia an der Bushaltestelle. Da steht, dass sie kommt und auf dem Campus einen Vortrag hält. Vor Jahren gehörte ich zu ihren Promovenden, aber dann habe ich's hingeschmissen. Ab und zu erkundigte sie sich, ob ich noch immer nichts aus mir machen wolle. Die Antwort war immer Ja. Am Ende hat sie ihre Beziehungen spielen lassen und mir diesen Job besorgt, obwohl ich gar keine richtige Bibliothekarin bin.

Auf dem Nachhauseweg höre ich mir ihren neuen Podcast an. Diese Folge heißt »Das Zentrum kann nicht standhalten«. So könnten sie alle heißen. Aber Sylvias Stimme ist das leicht gesteigerte Entsetzen fast wert. Sie klingt tröstlich, obwohl sie nur von den unsichtbaren apokalyptischen Reitern spricht, die auf uns zupreschen.

Es gibt wiedererkennbare Muster von Aufstieg und Niedergang. Aber unsere industrielle Zivilisation ist so gewaltig, so weitreichend …

Ich sehe aus dem Fenster. Irgendwas in der Ferne humpelt zu den Bäumen.

. . .

Die Tür wird geöffnet, und Eli wirft sich mir entgegen. Ich helfe ihm, Klebstoff von den Händen zu entfernen, und er setzt sich wieder an sein Spiel. Ein Spiel, das alle mögen. Laut meinem Mann ist es eine prozessual generierte Welt. Ein Lernspiel.

Es macht Spaß, ihnen beim Spielen zuzusehen. Sie fügen Gebäude Klötzchen für Klötzchen zusammen und füllen dann die Räume mit Mineralien, die sie mit selbst gebauten Spitzhacken ausgegraben haben. Sie sammeln grüne Felder und züchten Hühner, die gegessen werden sollen. »Ich habe eines getötet!«, ruft Eli. »Es ist schon ganz schön spät«, sagt Ben zu ihm.

Es kommen Rechnungen und Supermarkt-Werbung. Und eine Zeitschrift für einen ehemaligen Mieter. Auf der Titelseite wird Hilfe für Depressive versprochen.

Was man sagen SOLL:

Es tut mir leid, dass es Ihnen so schlecht geht. Ich werde Sie nicht im Stich lassen. Ich werde mich um mich selbst kümmern, also müssen Sie sich keine Sorgen machen, dass Ihr Schmerz mir schaden könnte.

Was man NICHT sagen soll:

Haben Sie es mit Kamillentee probiert?

. . .

Ich lasse ausnahmsweise meinen Bruder den Film aussuchen, aber der Film ist so blöd, dass ich es kaum ertragen kann, ihn anzusehen. In den Filmen, die ihm gefallen, droht immer eine große Katastrophe, und es gibt nur die eine unwahrscheinliche Person, die sie verhindern kann.

Danach gehen wir im Park spazieren. Möglicherweise habe er jemanden kennengelernt. Aber er glaube nicht, dass es funktionieren wird. Sie unterscheide sich zu sehr von ihm. Es dauert eine Weile, bis mir klar wird, dass sie sich noch gar nicht verabredet haben. »Du willst dich nicht mit jemandem verabreden, der dir ähnlich ist, nicht wahr?«, frage ich ihn. Henry muss lachen. »Du lieber Himmel, nein.«

In dem ersten Kurs, den ich bei Sylvia belegt hatte, erzählte sie uns von assortativer Paarung. Was bedeutet: gleich und gleich – Depressive mit Depressiven. Das Problem dabei, sagte sie, sei, dass es einem völlig vernünftig vorkommt, wenn man es tut. Als würde ein Schlüssel in ein Schloss passen und die Tür öffnen. Die Frage sei aber: Ist das wirklich das Zimmer, in dem man sein Leben verbringen will?

Also erzähle ich meinem Bruder, dass Ben und mir nie dieselben Dinge auffallen. Wie zum Beispiel, als ich nach Hause kam und er völlig aus dem Häuschen war, weil sie es endlich abgebaut hatten. Was abgebaut?, habe ich gefragt. Und er musste mir erklären, dass das Gerüst, mit dem die Front unseres Hauses seit drei Jahren eingerüstet war, endlich weg war. Und letzte Woche, als ich ihm eine Geschichte über den Burschen aus 5 C erzählte, sagte er: Wie, welcher Drogendealer?

. . .

Als ich nach Hause komme, will die Hündin einen Eiswürfel. Ich gebe ihr einen, aber sie wirft weiter ihren Futternapf in der Küche herum. »Wie war dein Tag?«, frage ich Ben. Er zuckt die Schultern. »Hab hauptsächlich programmiert und etwas Wäsche gewaschen.«

Auf dem Tisch liegt ein beachtlicher Stapel gefalteter Kleidung. Ich finde mein Lieblings-T-Shirt und meine am wenigsten deprimierende Unterwäsche. Ich gehe ins Schlafzimmer und ziehe beides an. Jetzt bin ich ein nagelneuer Mensch.

Am dritten Tag ihrer Ehe schrieb Königin Victoria: *Mein liebster Albert zieht mir die Strümpfe an. Und ich sah ihm beim Rasieren zu, eine große Freude ...*

Meine Mutter ruft an und erzählt mir von dem Licht, den Reben, dem lebendigen Brot.

...

Sieben Uhr morgens, und Eli spielt Fangen. Ich nehme den Glibberfrosch weg und lege ihn auf den Kühlschrank. »Wir müssen gehen! Hol deinen Rucksack!«, sage ich zu ihm. Der Hund beobachtet mich misstrauisch, den Kopf auf den Pfoten. Ich fahre grob mit der Bürste durch Elis Haare. Er zuckt zurück und rennt weg. »Wir müssen gehen! Zieh deine Schuhe an!«, schreie ich. Dann sind wir endlich zur Tür raus.

Mrs Kovinski will mir etwas über die Aufzüge sagen, aber wir rennen an ihr vorbei. Zehn Block. Ich gehe zu schnell, ziehe Eli hinter mir her. Alles falsch gemacht, ich weiß, ich weiß, aber wenn er zu spät kommt, muss ich im Büro ewig anstehen.

Ein letzter Sprint über den Spielplatz, und wir schaffen es gerade noch rechtzeitig. Ich bin atemlos, verschwitzt, traurig. Ich küsse Eli auf den Kopf, um das Rennen gutzumachen. Warum habe ich nicht mehr Kinder bekommen, um mehr Gelegenheiten zu haben?

Die anderen Mütter sind klug genug, nicht nur ein Kind zu haben. Ein Grüppchen von ihnen steht drüben am Zaun. Sie sprechen Urdu, glaube ich. Eine lächelt mir zu, und ich winke.

Wie sehe ich für sie aus?, das frage ich mich, mit meiner trübseligen Kleidung und meiner exzentrischen Brille. Letzte Woche hat sie ein Stück Seidenstoff für die Schultombola gespendet; roter Stoff, mit Goldfäden bestickt. Eli will ihn gewinnen und sich einen Umhang daraus machen lassen. Ich weiß, wie man ihren Namen schreibt, aber ich kann ihn nicht aussprechen.

. . .

Diese Frau ist eine Seelenklempnerin. Und eine Buddhistin. Sie probiert beides an mir aus, wie ich festgestellt habe. »Sie identifizieren sich nach unten, nicht nach oben. Warum, glauben Sie, ist das wohl so?«

Sagen Sie es mir, Madame.

Donnerstags gibt sie im Souterrain einen Meditationskurs. Jeder kann mitmachen, nicht nur Universitätsangehörige. Mir ist aufgefallen, dass Margot anders zuhört als ich. Sie ist aufmerksam, behält aber ihre eigenen Geschichten für sich.

Heute geht es zäh an, und ich helfe ihr, alles für die Klasse vorzubereiten. Kissen für die Kräftigen, Stühle für die Schwachen. »Du solltest bleiben«, sagt sie immer zu mir, aber ich bleibe nie. Weiß nicht, wo ich mich hinsetzen soll.

...

Hier die Mitternachtsfrage für meinen Mann: Was stimmt nicht mit meinem Knie? »Ich höre das leise Knacken, wenn ich gehe. Und wenn ich die Treppe nehme, tut es manchmal weh.« Er isst einen Löffel Erdnussbutter. Er legt ihn in das Spülbecken und kniet sich dann hin, um mich zu untersuchen. »Tut das weh?«, fragt er, als er leicht auf die Haut drückt. »Oder das? Oder das?« Ich wackle mit der Hand, um anzudeuten, dass es vielleicht wehtut, vielleicht ein bisschen. Er steht auf und gibt mir einen Kuss. »Kniekrebs?«, sagt er.

Ein Vorteil an Schlaftablettensucht ist, dass sie nicht als *Sucht* bezeichnet wird, sondern als *Gewohnheit*.

...

Merkwürdig, wie Leute einen heutzutage über alles belehren. Die hier auf der Treppe vor der Bibliothek regt sich über mein Schinkensandwich auf. »Schweine sind gelehriger als Hunde! Kühe können zwischen Ursache und Wirkung unterscheiden!« Und wer will das von Ihnen wissen?, denke ich, aber ich gehe an ihr vorbei und esse das Sandwich an meinem Schreibtisch.

Aber der Mann in dem abgetragenen Anzug erzählt mir Dinge, die mich interessieren. Er arbeitet im Hospiz. Er hat gesagt, wenn ein geliebter Mensch stirbt, muss man unbedingt versuchen, drei Tage lang allein im Haus zu bleiben. Dann können die Manifestationen sich bemerkbar machen. Seine Frau manifestierte sich als kleiner Wirbelwind, der die Papiere von seinem Schreibtisch blies. Wunderbar, wunderbar, sagte er.

. . .

An unserem Aufzug besagt ein Schild, dass er defekt ist. Ich stehe davor und sehe es an, als könnte es sich verändern. Mrs Kovinski kommt in den Flur. Jeder darf sich heutzutage Hausmeister nennen, das ist ihre Theorie. Jeder.

Ich nehme die Post und zögere den langsamen Weg die Treppe hoch hinaus. Die angesagte Vorschule schickt uns noch immer ihren Newsletter. Im aktuellen sind die zehn größten Ängste aufgelistet, die ihre Schüler genannt haben. Dunkelheit ist nicht dabei. Blut, Haie und Einsamkeit sind auf Platz acht, neun und zehn.

Als ich in die Wohnung komme, schläft der Hund unter dem Tisch. Eli faltet ein Blatt weißes Papier. »Nicht hersehen«, sagt er. »Ich erfinde das hier. Niemand außer mir wird je erfahren, was es ist.«

Ich sehe nicht hin. Ich stelle Trockenfutter und Wasser bereit, spähe halbherzig in den Kühlschrank. Das Fenster steht offen. Schönes Wetter. Auf der Feuerleiter sitzen keine Tauben. Von unserem Tomatenexperiment sind noch ein paar Töpfe übrig. »Woosh«, sagt mein Sohn.

Meine Platz-eins-Angst ist das schnellere Vergehen der Tage. Wahrscheinlich nur Einbildung, aber ich könnte schwören, dass ich es spüre.

. . .

»Willst du einen Snack?«, fragt sie mich. Ich zögere, weil Catherine in der Werbung arbeitet. Meinen Bruder hat sie kennengelernt, als er sich für eine Fokusgruppe in ihrer Agentur angemeldet hat. Bezahlt wurden hundert Dollar in bar. Die Aufgabe bestand darin, sich gemeinsam Namen für ein neues Deo für Kinder unter zehn Jahren auszudenken. Sein Beitrag lautete: Engelsgestank.

Ich kann es immer noch nicht recht glauben, dass sie ein Paar sind, aber bei ihrem ersten Treffen haben beide Sprudelwasser bestellt. In der Zwölf-Schritte-Methode nennt man das den dreizehnten Schritt. Sie hat ein bisschen gekokst. Er stand auf Pillen.

Ich sage zu Catherine, dass ich lieber bis zum Abendessen warte. Später schleiche ich unauffällig an ihrem Schreibtisch vorbei, und natürlich liegt da eine Mappe.

Kartoffelchips: Ehrgeizig, erfolgreich, leistungsstark
Nüsse: Ungezwungen, einfühlsam, verständnisvoll
Popcorn: Verantwortungsbewusst, clever, selbstsicher

Ich gehe ins Wohnzimmer, und da sitzt Ben, der vergnügt Cashews isst.

. . .

Sonntagvormittag. Die Hündin hat im Gras ein Kaninchenbaby entdeckt. Sie hat es ins Maul genommen und dann losgelassen. Jetzt versuchen wir, es zu retten. Jemand aus dem Gemeindegarten hat uns ein Kistchen mit einem weichen Tuch gegeben. Aber das Kaninchen

zittert heftig. Blut ist nicht zu sehen, aber im Fell sind
kleine Einkerbungen von den Hundezähnen. Wir wollen das Kaninchen in den Garten zurückbringen, aber
es ist schon tot. Vor Schreck gestorben, nehme ich an.

Abends ruft Eli hysterisch aus der Küche nach uns. Er
sagt, unter der Spüle liege ein Mäuseschädel. Ich sehe
Ben finster an. Ich dachte immer, wir bringen sie heimlich um. Schwerfällig steht er auf und geht in die Küche. Er kniet sich hin, um unter der Spüle nachzusehen.
Aber es ist nur ein Stück Ingwer, und wir haben Glück
gehabt.

...

Ich weiß nicht, was ich mit dem Mann vom Fahrservice
anfangen soll. Er hat mir erzählt, dass die Geschäfte
schlecht gehen; niemand ruft mehr an. Er musste alle
Fahrer entlassen und hat nur noch einen Wagen. Inzwischen schläft er am Arbeitsplatz, um keinen Anruf
zu verpassen. Seine Frau hat gesagt, sie werde ihn verlassen.

Mr Jimmy. Das ist der Name auf der Visitenkarte, die
er mir gegeben hat. Ich versuche nur noch seinen Fahrservice zu benutzen, nicht den besseren, schnelleren.
Manchmal klingt seine Stimme verschlafen, wenn ich

anrufe. Er sagt immer, in sieben Minuten wäre er da, aber es dauert jetzt viel länger.

Ich habe den Fahrservice immer nur kommen lassen, wenn ich spät dran war, aber jetzt muss ich die doppelte Fahrzeit rechnen. Ein Bus wäre genauso schnell oder schneller. Und ich könnte ihn mir leisten. Aber was, wenn ich die einzige verbliebene Kundin wäre?

Jetzt habe ich mich zu dem Vortrag verspätet. Und ich hatte mir das falsche Gebäude gemerkt. Bis ich da bin, hat Sylvia ihren Vortrag fast beendet. Es sind viele Zuhörer gekommen. Hinter ihr ist ein Schaubild, das aussieht wie ein Hockeyschläger.

»Was es heißt, ein guter Mensch, ein moralischer Mensch zu sein, wird in Krisenzeiten anders eingeschätzt als unter normalen Umständen«, sagt sie. Sie zeigt uns ein Dia von Leuten, die an einem See ein Picknick machen. Blauer Himmel, grüne Bäume, weiße Menschen.

»Angenommen, Sie gehen mit Freunden zum Picknick in einen Park. Das ist natürlich moralisch völlig neutral, aber wenn Sie zusehen, wie Kinder im See ertrinken, und weiter essen und plaudern, sind Sie zu Ungeheuern geworden.«

Der Moderator bedeutet ihr mit einer Geste, dass es Zeit ist, zum Schluss zu kommen. Eine Reihe Männer sammelt sich hinter dem Mikrofon. »Ich habe sowohl eine Frage als auch einen Kommentar«, sagen sie. Eine junge Frau steht auf und stellt sich an. Schließlich kommt sie dran, um ihre Frage zu stellen.

»Wie können Sie sich Ihren Optimismus bewahren?«

Ich komme danach nicht zu Sylvia durch. Es sind zu viele Leute da. Ich gehe zur U-Bahn und versuche über die Welt nachzudenken.

Sorgen eines jungen Menschen: Was hieße es, wenn nichts, was ich tue, etwas bedeutet?

Sorgen eines alten Menschen: Was hieße es, wenn alles, was ich tue, etwas bedeutet?

. . .

Seit fast zwei Jahren ist es mir gelungen, dieser Mutter von der früheren Vorschule nicht über den Weg zu laufen. Manchmal ist das nicht so einfach. Ich muss wirklich auf der Hut sein, wenn ich mich in die Konditorei oder in den Supermarkt wage. Sie heißt Nicola und ihr Sohn unerklärlicherweise Kasper.

Sie hatte diese Art, über unsere Stadtteilgrundschule zu sprechen, wobei sie im einen Augenblick die Einwandererkinder an der Schule lobte und im nächsten von den Nachhilfelehrern sprach, die sie bezahlte, um ihren Sohn aus der Schule zu nehmen. Streber nannte sie sie. Als wären sie alle Schornsteinfeger oder Straßenverkäufer der neuesten Zeitungsausgabe.

Nicola hatte immer Karten dabei, und wenn sie ihren Sohn mit einem Snack abholte, sagte sie den Namen dafür in einer Fremdsprache. *Pomme. Banane.*

Eli war in sie verliebt. Er wollte, dass ich ihn schöner anzog. Er wollte, dass ich ihm die fremdsprachlichen Namen der Früchte beibrachte. Eines Tages gab ich ihm eine Orange (auf Französisch: *orange*). Ich sagte, er könne die Prüfung machen, wenn er wolle, aber es würde ganz sicher keine kostspieligen Nachhilfelehrer für ihn geben.

Einige Tage später schrie ich ihn an, weil er seine neue Lunchbox verloren hatte, und er drehte sich zu mir um und sagte: Bist du sicher, dass du meine Mutter bist? Manchmal kommst du mir vor, als wärst du dafür nicht gut genug.

Er war noch klein, und ich ließ es ihm durchgehen. Und jetzt, Jahre später, denke ich nur noch, was weiß ich, ein-, zweimal am Tag daran.

...

Dann habe ich es endlich mit dem Meditationskurs versucht. Mein Knie schmerzte, also setzte ich mich auf einen Stuhl. Die weitgehend erleuchtete Frau saß auf einem Kissen. Ich fragte mich, was mit ihr geschehen war. Am Ende stellte sie Margot eine Frage oder das, was sie für eine Frage hielt.

»Ich hatte das Glück, viel Zeit verbunden mit der spirituellen Welt zu verbringen. Aber jetzt merke ich, dass es mir schwerfällt, in die differenzierte Welt zurückzufinden, über die Sie vorhin sprachen, in der man das Geschirr spülen und den Abfall rausbringen muss.«

Sie war ziemlich schwanger, vielleicht im sechsten Monat. Oh, mach dir keine Sorgen, dachte ich, die differenzierte Welt wird dir schon zeigen, wo der Hammer hängt.

...

Eli hat die Prüfung tatsächlich bestanden. Nicht gut genug für jede weiterführende Schule der Stadt, aber gut genug für eine Schule, die in unserem Stadtteil EAGLE heißt. (Ich habe nie erfahren, was das bedeutet, aber egal, Adler fliegen hoch und weit!) Für Nicola war es allerdings die Krönung der Arbeit eines Jahres. Ich weiß noch, wie sie strahlend hereinkam, nachdem wir die Ergebnisse hatten. Das war vielleicht eine Woche, sagte sie. Wir haben gerade erfahren, dass Kasper sowohl begabt *als auch* talentiert ist.

»Na, so was«, habe ich gesagt.

Bald darauf kam er zum Spielen zu uns. Die beiden haben Lego gespielt, und danach liefen sie herum und sprangen auf alles Mögliche und wieder herunter. Sie waren Soldaten, Ninjas, nichts sonderlich Überraschendes, nichts, was von verborgenen Abgründen gekündet hätte. Und dann holte Eli sein Lieblingsspielzeug, Eiswaffeln und Löffelchen aus Plastik. Er hat seinen Freund gefragt, ob sie Eisverkäufer spielen wollen, aber Kasper hat sich unter dem Tisch verkrochen und sein eigenes Spiel gespielt. Es heiße *Zeit*, hat er gesagt.

Was ist besser, wenn man älter ist?
Picknicks.

Picknicks?
Weil die Leute was Besseres mitbringen.

. . .

Sylvia kommt in der Bibliothek vorbei. Sie sagt, sie habe ein Angebot für mich. Sie möchte, dass ich ihre E-Mails beantworte. Wegen des Podcast sind es in letzter Zeit so viele geworden. Sie hat sie bisher selbst beantwortet, aber es wird ihr langsam zu viel.

Ich frage sie, was für Zuschriften das sind. Alles Mögliche, sagt sie, aber jeder, der ihr schreibt, ist entweder verrückt oder depressiv. Das Geld könnten wir zweifellos brauchen, aber ich sage, ich müsse es mir überlegen. Weil es denkbar ist, dass mein Leben schon voll von solchen Leuten ist.

. . .

Der erste Frühlingstag, verrückte Wolken, verhangene Sonne. Henry ist in seiner üblichen Dauerschleife gefangen. Das war schon immer so, aber er ist gut darin, das vor anderen Leuten zu verbergen. Er hebt es sich auf, bis wir allein sind, dann kommen seine Geständnisse.

»Ich muss immer daran denken, Lizzie.«

»Woran?«

»Was es heißen würde, wenn ich als Kind meine Seele dem Teufel verkauft hätte?«

»Du hast deine Seele nicht dem Teufel verkauft.«

»Und wenn ich es getan hätte und es nur nicht mehr weiß?«

»Du hast deine Seele nicht dem Teufel verkauft.«

»Aber wenn ich es getan hätte?«

»Na gut, Henry, aber überleg dir, was hättest du dafür bekommen?«

. . .

Ein paar Tage später will Sylvia ihr Angebot verbessern. Sie sagt, ich könnte auch mit ihr reisen, mich um alles kümmern und ihr helfen, wenn es zu anstrengend würde. Ein Problem: In letzter Zeit waren die Zuschriften in die evangelikale Richtung abgedriftet. Lauter Fragen zu religiöser Verzückung mischten sich unter die über Windturbinen und Kohlenstoffsteuer. »Kein Problem«, sagte ich zu ihr. »Überleg dir, womit es anfing.« Ihr Fehler war gewesen, ihr Programm *Komme, was wolle* zu nennen. Damit lockt man die Endzeitapologeten an.

Ich blättere in einer Mappe voller Fragen, die ihr geschickt wurden. Sie hat sie alle ausgedruckt wie ein älterer Mensch, was sie vermutlich ist.

Ist der Insectothopter etwas wie AlphaCheetah? Hat das Aussterben etwas zu bedeuten, wenn wir wissen, wie die Bibel endet? Wer hat die Kondensstreifen erfunden? Wie wird die letzte Generation wissen, dass sie die letzte sein wird?

Sie kommt mir erschöpft vor, mit leicht aufgelösten Gesichtszügen. Sie ist auf dieser endlosen Vortragsreise gewesen. Ich sollte ihr helfen. Ich sage: Ja, okay, warum nicht, klar.

...

Das Problem mit Elis Schule ist, dass sie menschliche Maßstäbe übersteigt. Fünf Stockwerke. Ein Dutzend erste Klassen. Wenn es klingelt, lassen die Lehrer die Kinder in kleinen geraden Linien hinausmarschieren. Der Spielplatz ist groß, aber er grenzt an die große Straße. Im Zaun gibt es ein Loch, wo der Maschendraht runtergebogen ist, und jedes Mal, wenn ich die Stelle sehe, durchfährt mich die Angst. Das ganze Jahr saß ich in einem deprimierenden Ausschuss, in dem es darum ging, dieses Loch reparieren zu lassen. Ich will nicht ins selbe Horn stoßen, aber glauben Sie mir, ich arbeite weniger als die eingewanderten Eltern.

Also schreibe ich einen Brief nach dem anderen an die Behörde. *Wir mussten feststellen* ... Kein Ergebnis. Ich habe gehört, dass ein Ausschuss ein ganzes Jahr lang versucht hat, Sämlinge in den Kindergartenräumen zuzulassen. Am Ende Absage, nein. Nicht erlaubt. Aus Sicherheitsgründen, hieß es.

. . .

In letzter Zeit ist mir aufgefallen, dass ich mich anziehe wie die Kids auf dem Campus oder sie sich vielleicht anziehen wie ich. Ich habe mich lange gleich gekleidet, aber irgendwie ist diese Mode wieder da. Inzwischen bin ich alt genug, dass ich manchmal darüber nachdenke, wie ich mich lächerlich mache, indem ich etwas tue, was früher niemandem aufgefallen wäre. Anfang des Jahres bin ich dann einkaufen gegangen und habe mir neue, schlichtere Kleidung gekauft. Henry sagt, ich würde mich anziehen wie ein kleiner unauffälliger Vogel.

Frage: Wie zeigt sich Gottes Güte sogar in der Körperbedeckung von Vögeln und wilden Tieren?

Antwort: Kleine Vögel, die zierlichsten, haben dichteres Gefieder als die widerstandsfähigeren. Tiere in kalten Regionen haben dichteres, dickeres Fell als solche, die in tropischer Hitze leben.

Ich muss für die Reise packen, aber irgendetwas summt im Zimmer herum. Ich kann es nicht sehen, aber ich höre, wie es sich gegen die Fensterscheibe wirft. Vielleicht eine Biene oder eine Wespe. Drüben an den Jalousien, vermute ich. Ich fange es mithilfe einer Tasse und eines Plastikkärtchens ein.

In der Tasse ist es still. Schwer zu glauben, dass es nicht Freude ist, wie das Insekt wegfliegt, als ich es aus dem Fenster entlasse.

. . .

Es ist noch hell, als wir aus dem Kino kommen. Henry will sich mit Catherine treffen. Er soll ihre Freunde aus der Agentur kennenlernen. Sie nennt sie die Kreativen, weil sie das nicht ist; sie gehört zu den Anzugträgern. Mir gefällt, wie das klingt. Als könnte es irgendwann zu einer Auseinandersetzung darüber kommen.

Aber ich kann sehen, dass Henry nervös ist. »Vergiss nicht, dass du nicht du selbst sein sollst«, sage ich. Er lacht ein wenig. Ich sehe zu, wie er weggeht, die Hände in den Taschen und vorgebeugt. *Haltet zusammen, ihr beiden.* Das hat meine Mutter immer gesagt.

Ich erinnere mich an das erste Mal, als ich ein Abendessen für ihn gemacht habe. Ich nahm das Hühnchen aus dem Kühlschrank und schälte die eklige glitschige Plastikverpackung ab. Rosa Fleischsaft spritzte überallhin, aber ich wischte ihn mit einem Schwamm auf. Dann legte ich das Hühnchen in eine Pfanne und goss eine Flasche Sojasoße darüber. Eine Viertelstunde später haben wir es gegessen.

Alles

Materielle   Immaterielle

Belebte   Unbelebte

Fühlende   Fühllose

Ich höre mir auf dem Weg nach Hause *Komme, was wolle* an. In diesem Abschnitt geht es um die Tiefenzeit. Der interviewte Geologe spricht schnell und handelt Millionen und Millionen Jahre in einem Atemzug ab. Das Zeitalter der Vögel sei vorüber, sagt er. Auch das der Reptilien. Und das der Blühpflanzen. Holozän war der Name unseres Zeitalters. Holozän, was bedeutet »heute«.

. . .

Erste Veranstaltung mit Sylvia. Was ich dazu sagen kann: Sehr viele Leute, die keine amerikanischen Ureinwohner sind, reden über amerikanische Ureinwohner.

Das Gebiet der Shuswap war für die lokalen Stämme ein schönes und fruchtbares Land. In den warmen Monaten gab es Lachs und Wild und in den kalten Knollen und Wurzeln. Die Stämme, die dort lebten, entwickelten verschiedene Technologien, um alle Ressourcen zu nutzen. Viele Jahre lang lebten sie gedeihlich auf ihrem Land. Doch die Älteren merkten, dass die Welt der Stämme zu voraussehbar geworden war und ihr Leben keine Herausforderungen mehr bot. Sie berieten sich, dass ein Leben ohne Herausforderungen keinen Sinn mehr hatte. Und nach ein paar Jahrzehnten lautete ihr Rat, das ganze Dorf an einen anderen Ort zu verlegen. Sie gingen alle zu einer anderen Stelle des Shuswap-Gebiets, und indem sie ein neues Leben anfingen, fanden sie wieder zu seinem Sinn. Es gab neue Flüsse zu erkunden und neue Wild-

fährten, die man finden musste. Jeder fühlte sich verjüngt.

Diese Frau hat etwas Ähnliches getan. Sie hat lange in San Francisco gelebt und ist nun nach Portland gezogen.

. . .

Manchmal würde ich meine Chefin gerne über kleine Dinge befragen, die mir in der Bibliothek auffallen. Sie arbeitet hier seit zwanzig Jahren. Sie kennt alles und jeden. Wie kommt es also, dass heute drei verschiedene Leute herkamen und Flyer über Bienenzucht anbringen wollten? Aber diesmal zuckt Lorraine nur mit den Schultern. »Manche Sachen liegen einfach in der Luft und fliegen herum«, sagt sie, und ich denke an Blätter, etwas, was fällt und sich unbemerkt ansammelt.

Auch in der Luft: eine Mitarbeiterin, die sich angewöhnt hat, in ihrer Handtasche Röntgenaufnahmen herumzutragen. Eine Art medizinischer Irrtum. Ungeschehen kann man es nicht machen, aber darüber sprechen.

Und dann gibt es den Professor, der immer bewundert wurde und auf Anhieb einen Lehrstuhl erhielt. Auf einmal ist er kein Trinker mehr, sondern ein Säufer. Letzte Woche musste man ihn von seiner eigenen Geburtstagsparty raustragen und in ein Taxi setzen. Der Fahrer musste im Voraus bezahlt werden, sonst hätte er ihn nicht mitgenommen. Und das war nicht das erste Mal, sagte Lorraine. Und bald bin vielleicht ich an der Reihe.

Ich habe eine stubengelehrte abergläubische Vorstellung von meinem Geburtstag. Ich lese gerne, was Virginia Woolf in ihren Tagebüchern über ihr Alter schrieb, bevor ich selbst dieses Alter erreiche. Im Allgemeinen ist es inspirierend.

Zu anderen Zeiten …

Das Leben ist, wie ich schon seit meinem 10. Lebensjahr behaupte, schrecklich interessant – es ist eher schneller und intensiver mit 44 als mit 24, auswegloser würde ich sagen, so wie der Fluss auf die Niagarafälle zuschießt: meine neue Sicht des Todes; lebendig, positiv, wie alles andere auch, aufregend; und von großer Bedeutung – als Erfahrung betrachtet.

…

Ich kaufe ein Teleskop, weil ich sehen will. Ich kaufe Laufschuhe, weil ich laufen will. Dieser Block riecht nach Müll. Nach links abbiegen auf grünere Straßen. Ja, besser. Ich will den ganzen Weg bis zum Park laufen, aber die Schuhe taugen nichts.

. . .

Ich erzähle Ben nicht viel von diesen Mails. Die Art der Fragen würde ihm nicht gefallen. Es macht ihm schon Sorgen, dass die Evangelikalen alles beherrschen wollen. Natürlich insgeheim, und die Juden stehen für Jesus.

Da gibt es den einen, der sich am Wochenende immer vor Dunkin' Donuts aufbaut. »Entschuldigen Sie, wussten Sie, dass Jesus Jude war?«, fragt er, wenn wir vorbeikommen. »Klar«, sagen wir.

Wir haben auch die gute Botschaft gehört. Wie jeder auf dem ganzen Planeten, sogar die Jäger und Sammler tief im Regenwald, die keinen Kontakt wollen. Ich wünschte, ausnahmsweise würde jemand das mal sagen und die gute Botschaft würde sich als etwas anderes herausstellen.

. . .

Am Kühlschrank klebt ein Zettel, auf dem steht, dass wir keine Milch, keinen Käse, kein Brot und kein Klopapier mehr haben. Ich sage Eli, dass ich ihn zum Abendessen in das Imbisslokal mitnehme. TIERE VERBOTEN steht auf dem Schild vor dem Restaurant. »Aber wir sind Tiere, oder?« »Sei nicht so pedantisch«, sage ich zu ihm.

Eli erklärt, dass er beschlossen habe, zwei Kinder zu haben; nein, korrigiert er sich, ein Kind, weil das einfacher sei. Wir bestellen getoastete Käsesandwiches und belauschen die Leute am Nachbartisch. »Ist er dein Seelenverwandter?«, fragt die Frau ihre Freundin. »Schwer zu sagen«, sagt sie.

. . .

Wann kommen die Tage der Rechenschaft? Hat Noahs Flut die ganze Erde bedeckt oder nur die Stellen, wo Menschen lebten? Können Haustiere von Christus gerettet werden und in den Himmel kommen? Wenn nicht, was geschieht dann mit ihnen?

Über das letzte Problem haben wir uns die meisten Gedanken gemacht. Wir hatten eine Katze, und unsere Mutter hat uns erlaubt, gemeinsam einen Namen für sie zu finden. Das Ergebnis war Stacy Stormbringer, und wir haben sie abgöttisch geliebt. Aber dann haben wir im Bibelcamp diesen Film gesehen. Der Vater wurde entrückt, und alles, was von ihm blieb, war sein elektrischer Rasierapparat, der noch lief. Unsere Mutter war eindeutig in Sicherheit, aber wir etwa auch? Was wäre, wenn wir nach Hause kämen und niemand wäre da? Bliebe uns wenigstens Stacy Stormbringer?

Ins Jenseits versetzt, nannten sie es. Als wäre Gott ein Schullehrer.

. . .

Henry und Catherine kommen zum Abendessen. Sie bringt riesengroße Sonnenblumen mit, und ich versuche eine passende Vase zu finden. All die Bücher machen sie offenbar nervös. »Hast du die alle gelesen?«, fragt sie mich. Später fängt sie ein Gespräch darüber an, dass wir ihrer Meinung nach in beispiellosen Zeiten leben würden.

Ich sehe, wie Ben zögert. Er hat ein kompliziertes Verhältnis zu modernen Dingen. Einerseits entwickelt er Bildungsvideospiele. Andererseits hat er einen Doktor in Philosophie. Zwei schlechte Jahre auf Arbeitssuche, und dann gab er auf und lernte zu programmieren.

Ich beschließe, für ihn zu antworten. Ich erzähle irgendeine unausgegorene Geschichte über Lukrez. Der lebte im ersten Jahrhundert unserer Zeitrechnung, beschwerte sich aber darüber, dass in seiner Zeit zu viel sinnlose Hektik herrschte. Im einen Augenblick schreckliche Angstzustände! Im nächsten Apathie! Catherine sieht Henry an und dann mich. »Ich meinte nur die Politik«, sagt sie.

. . .

Manchmal hat Mr Jimmy kleine Anwandlungen von Redseligkeit. Heute erzählt er mir, wie er den alten Wagen seines Sohns über den Fluss zu einem Schrottplatz gebracht hat, wo riesige Maschinen ihn zusammengedrückt haben. »Das hätten Sie sehen sollen«, sagt er. Er sagt, er hätte versucht, ein kleines liegen gebliebenes Metallstück aufzuheben, aber es war so schwer, dass es sich nicht bewegen ließ. »Und diese Maschinen haben es aufgehoben wie eine Feder!« Ich sage ihm, dass eines Tages all diese Maschinen kommen und uns alle zusammendrücken werden. Das gefällt ihm. Er lächelt ein wenig. »Als würde eine große Klaue ankommen«, sagt er.

. . .

Sylvia nimmt mich zu einem mondänen Dinner für Leute aus Silicon Valley mit. Manche von ihnen finanzieren ihren Podcast, und sie hofft, sie als Unterstützer für eine neue Stiftung zu gewinnen, die sie gegründet hat. Die halbe Erde soll renaturiert werden.

Aber solche Dinge interessieren diese Männer nicht. Sie halten die Wiederbelebung ausgestorbener Arten für eine bessere Idee. Sie forschen bereits nach der Gentechnik, die dafür erforderlich wäre. Für Wollhaarmammuts interessieren sie sich besonders. Und für Säbelzahntiger.

Irgendwie werde ich einen halben Tisch von ihr entfernt platziert. Ich bin diesem jungen technologiebegeisterten Burschen neben mir ausgeliefert. Er erklärt mir, dass die gegenwärtige Technologie niemanden mehr verstören wird, sobald die Generation, die nicht damit aufgewachsen ist, endlich verstummen wird. Aussterben wird, will er offenbar sagen.

Er ist davon überzeugt, dass alle, die nervös macht, was verschwindet, irgendwann selbst verschwunden sein werden, und dass dann niemand mehr darüber reden wird, was verloren ging, sondern nur darüber, was gewonnen wurde.

Aber Moment mal, das klingt für mich nicht gut. Heißt das nicht, falls wir irgendwo landen, wo wir gar nicht hinwollten, dass wir dann nicht mehr zurück können?

Das nimmt er nicht zur Kenntnis, sondern labert mich voll und listet alles auf, womit er und seinesgleichen die Welt verändert haben und die Welt verändern werden. Dass es bald computergesteuerte Häuser geben wird, dass bald alle Gegenstände unseres täglichen Lebens mit dem Internet der Dinge verbunden sein werden, bla, bla, bla, und dass wir über die sozialen Medien mit allen anderen Menschen der Welt kommunizieren werden. Er fragt mich, was meine Lieblingsplattformen sind.

Ich sage, dass ich auf keiner bin, weil sie mich zu zappelig machen. Oder nicht unbedingt zappelig, sondern eher wie eine Ratte, die nicht aufhören kann, einen Hebel zu drücken.

Feines Leckerli! Kein feines Leckerli! Bitte, bitte, meine Süße!

Er schaut mich an, und ich kann sehen, wie er sich all die großen und kleinen Wege ausrechnet, auf denen ich versuchen könnte, die Zukunft zu verhindern. »Na ja, viel Glück damit, nehme ich an«, sagt er.

Sylvia erzählt mir später, dass es an ihrem Ende des Tischs noch viel schlimmer war. Der Typ in der Gore-Tex-Jacke redete unablässig über Transhumanismus und darüber, wie wir uns schon bald von den lästigen Körpern befreien und Teil der computergenerierten Einzigartigkeit werden können. »Diese Leute sehnen sich nach der Unsterblichkeit und können nicht mal zehn Minuten auf eine Tasse Kaffee warten«, sagt sie.

. . .

Ein neuer Teilnehmer des Meditationskurses erzählt eine Geschichte über seinen Aufenthalt in einem Mönchskloster. Er sagt, die Atmosphäre sei unglaublich gewesen, anders als alles, was er bis dahin erlebt hatte. Margot sieht ihn an. »Nur die Leute, die zu Besuch im Kloster sind, empfinden etwas. Die Leute im Kloster empfinden gar nichts«, sagt sie. Ich kann mir nicht helfen. Ich muss lachen. »Sitz gerade«, sagt sie zu mir, und ihre Stimme ist wie ein harter Stock.

. . .

Okay, okay, ich habe allem Anschein nach mein Knie ruiniert mit meinem dauernden Herumstreifen. Letzte Nacht konnte ich vor Schmerzen nicht schlafen. Ben besteht darauf, dass ich mich diese Woche untersuchen lasse. Aber vorher habe ich ein paar Fragen. »Und wenn es Gicht ist?« »Es ist ganz sicher keine Gicht«, sagt er. »Könnte es Arthritis sein? Dafür bin ich noch zu jung, oder?« Er nickt. »Du bist dafür viel zu jung, und außerdem fängt das viel langsamer an.«

In dieser Nacht träume ich, dass ich in einem Supermarkt bin. Grauenhafte Musik. Erbarmungslose Beleuchtung. Ich gehe die Gänge rauf und runter und versuche das Licht zu dämpfen, aber ich finde den Schalter nicht. Ich wache enttäuscht auf. Was ist aus den flüchtigen Träumen geworden?

. . .

Unterwegs stellt Mr Jimmy mir Fragen. Worum geht es in diesen Fernsehshows in Wirklichkeit? Gibt es eine Botschaft to-go? Nein, sage ich zu ihm. Aber eigentlich verhält es sich genau so.

Zuerst nahmen sie sich die Korallen vor, aber ich sagte nichts, weil ich keine Koralle war ...

In der Klinik macht der Arzt sich an meinem Knie zu schaffen. Er fragt mich, ob ich noch andere Beschwerden habe. »Wie zum Beispiel?« »Gicht?« »Wie soll ich wissen, ob ich Gicht habe?«, sage ich, und meine Stimme geht dabei seltsam hoch. »Ach, das würden Sie merken«, sagt er. Er schickt mich zum Röntgen.

Die Radiologin ist älter als ich, unverdrossen heiter und macht Scherze darüber, dass sie kaum noch hochkommt, wenn sie das Gerät wieder in Position gebracht hat. »Lachen Sie nicht über die kaputte alte Technikerin«, sagt sie. »Mir geht es gut. Lachen Sie mich nicht aus.« Ich mache mir Sorgen, dass sie etwas für mich bastelt, etwas, das mir bei Widrigkeiten und Beschwerden helfen soll. »Schwanger können Sie nicht sein«, sagt sie. Nicht als Frage. Sie legt mir trotzdem die schwere Bleischürze um den Bauch.

Ich stelle mich auf drei verschiedene Arten hin. Die letzte ist wie eine Yogaposition, das schmerzende Bein vorgebeugt, das andere gerade. Eine Welle von Schmerzen und Übelkeit überkommt mich. Ich richte mich auf und blinzle heftig. Sie steht noch immer hinter der Glasscheibe und redet auf mich ein. Sie schickt mich in das kleine Wartezimmer zurück.

Nach einiger Zeit kommt der Arzt zu mir. »Gute Nachrichten«, sagt er. »Es gibt nichts, über das Sie sich Sorgen machen müssen.« Ich gehe mit einem Blatt Papier nach Hause. Osteoarthritis, leichte Gelenkdege-

neration, steht darauf. Ich lese die Diagnose in der
U-Bahn.

*Osteoarthritis entwickelt sich langsam, und die Schmerzen
können mit der Zeit schlimmer werden.*

Schon gut, okay, immer mit der Ruhe. Als ich Ben später die Geschichte meiner Gicht erzähle, klingt meine
Stimme nicht so munter wie beabsichtigt. Ich mache
einen kleinen Scherz, und das Zimmer dreht sich nicht
mehr. Aber ich habe seine Augen gesehen. Ich weiß,
woran er sich erinnert. An den Zeitpunkt, als die
Schnauze unserer Hündin grau wurde.

. . .

Henry scheint nicht zu merken, dass ich etwas hinke.
Er schildert mir lang und breit den neuen Job, den Catherine ihm besorgt hat. Er schreibt jetzt Texte für eine
schäbige Grußkartenfirma. Die Kartentexte sind sehr
ausführlich und beziehen sich auf alles, was der Emp-
fänger für den Absender getan hat.

Für eine Stieftante, die immer da war ...
Für einen Großcousin im Krankenhaus ...

Manchmal reimen sich die Texte, aber meistens sind es freie Verse. Henry wird nach Wörtern bezahlt, also je blumiger desto besser. Unabhängig davon hat er bereits mit seinem Chef über den Unterschied zwischen Gefühl und Gefühlsduselei gestritten.

Er ist nun mal dein Chef, sagt Catherine.

. . .

Am Morgen kommt der Adlatus vorbei, um hallo zu sagen. Er sieht blass aus. Ich mache mir Sorgen, dass er wieder sein Blutplasma verkauft. Er erzählt mir, dass sein Klassenzimmer gestern abgeschlossen war und er eine Stunde im Flur warten musste, bis endlich jemand kam und es aufschloss. Bis dahin waren seine Schüler alle gegangen. Aber er sagt, er könne mit solchen Dingen jetzt besser umgehen. Anfangs war es nervtötend, irgendwo zu arbeiten, wo niemand sich an deinen Namen erinnert, wo man den Sicherheitsdienst rufen muss, um in das eigene Zimmer zu kommen, doch in dem Maß, in dem das Alltagsleben immer fragmentierter und verwirrender wird, mache ihm das alles immer weniger aus, sagt er.

Frage: Worin besteht die Philosophie des Spätkapitalismus?

Antwort: Zwei Wanderer sehen einen hungrigen Bären vor sich. Einer von ihnen holt seine Laufschuhe aus dem Rucksack und zieht sie an. »Du kannst nicht schneller laufen als der Bär«, flüstert der andere. »Ich muss bloß schneller laufen als du«, sagt sein Freund.

Als ich nach Hause komme, sieht Eli sich Interviews mit Leuten an, die ohne Rückflugticket zum Mars fliegen wollen. Der, der gerade spricht, hat eine nagelneue Methode entdeckt, die noch nie zuvor benutzt wurde, um seine Frau und seine Kinder zu verlassen. Es ist natürlich nicht einfach zu beschließen, die eigene Familie für immer zu verlassen und die künftigen Enkel nie kennenzulernen. Aber ihn fasziniert der Gedanke, in die Geschichte einzugehen und Dinge zu sehen, die noch niemals jemand zu sehen bekommen hat. Seine Frau und seine Kinder sind von dem Projekt nicht begeistert. Sie fürchten, im Fernsehen sehen zu müssen, wie er stirbt.

Wenn ich einatme, weiß ich, dass mir beschieden ist, alt zu werden.

Wenn ich ausatme, weiß ich, dass ich das Alter nicht verhindern kann.

Wenn ich einatme, weiß ich, dass mir beschieden ist, krank zu werden.

Wenn ich ausatme, weiß ich, dass ich Krankheiten nicht verhindern kann.

Wenn ich einatme, weiß ich, dass mir beschieden ist zu sterben.

Wenn ich ausatme, weiß ich, dass ich den Tod nicht verhindern kann.

Wenn ich einatme, weiß ich, dass ich eines Tages alles und jeden, was ich liebe, loslassen muss.

Wenn ich ausatme, weiß ich, dass ich sie nicht mitnehmen kann.

Ach, komm schon, Mann. Alles und jeden, was ich liebe? Gibt es vielleicht ein Mantra für Anfänger?

. . .

Der Drogendealer, der in 5 C wohnt, überrascht mich immer wieder. Er ist groß und hat schläfrige Augen, aber blitzschnelle Reflexe. Heute ist mir eine Papiertüte mit meinen Einkäufen zerrissen, und er fing die Ölflasche auf, bevor sie zu Boden fiel. Er hat eine Tochter im Säuglingsalter, die nicht bei ihm wohnt, einen wunderschönen Hund und eine kleine gezackte Narbe am Hals. Ich habe ihn einmal gefragt, ob er in dieser Gegend aufgewachsen ist, und er hat gelächelt und den Kopf geschüttelt. Als Kind bin ich herumgestreift, hat er gesagt. Mal hierhin, mal dahin.

...

Eine andere Konferenz, diesmal tief im Landesinneren. Sylvia hält einen Vortrag, während ich in der ersten Reihe sitze und wie eine richtige Assistentin ihre Handtasche halte. Sie spricht über ein Buch mit dem Titel *Natur und Stille*. Es gibt nichts Höheres oder Niedrigeres, sagt sie. Alles ist gleich entwickelt.

Sylvia sagt dem Publikum, der einzige Grund dafür, dass der Mensch sich für die Krönung der Evolution hält, ist, dass wir uns entschieden haben, gewisse Dinge anderen gegenüber zu privilegieren. Privilegierten wir zum Beispiel den Geruchssinn, müssten Hunde als entwickelter gelten. Schließlich haben sie an die dreihundert Millionen Geruchsrezeptoren in der Nase, verglichen mit unseren sechs Millionen. Privilegierten wir die Langlebigkeit, wären es die Grannenkiefern, die mehrere Tausend Jahre lang leben können. Und man könnte sogar argumentieren, dass Bananenschnecken uns sexuell überlegen sind. Sie sind Hermaphroditen, die sich bis zu dreimal am Tag paaren können.

Hinterher werden viele Fragen gestellt. Manche sind freundlich, andere nicht. Aber Sylvia vertritt entschieden ihre Auffassung, dass Menschen nichts besonders Spezielles sind. »Das Einzige, was wir eindeutig besser können als andere Tiere, ist schwitzen und werfen«, sagt sie.

Jetzt sitze ich auf einer Parkbank und bemerke ein Salatblatt von einem Sandwich auf dem Boden. Ich räume es weg und ärgere mich dann darüber. Auf dem Rückweg fällt mir weder auf dem Boden noch über mir etwas auf. Vielleicht fiel Licht grünlich durch die Blätter. Unmöglich, es genau zu wissen.

Was ist der Nano-Kolibri? Was ist der Robofisch?

. . .

Als ich nach Hause komme, ist die Hündin in der Küche und zerbeißt einen rohen Knochen zu schlabbrigen Stückchen. Meine Mutter hat mir einmal erzählt, dass jedes Ding, jedes Lebewesen zwei Namen hat. Einer ist der Name, mit dem es in der Welt bekannt ist, und der andere ist ein geheimer Name, den es nicht verrät. Aber wenn man es bei diesem Namen ruft, muss es antworten. Das ist der Name, mit dem das Geschöpf im Garten Eden bekannt war. Später versuche ich eine Zeit lang, den geheimen Namen der Hündin zu erraten, aber sie lässt sich nicht darauf ein.

...

Die erste Vorlesung in diesem Jahr hält der inzwischen nüchterne Englischprofessor. In der Reha hat er Gedichte geschrieben. Eines der Gedichte ist aus der Perspektive eines Huts, den eine schöne Frau trägt. Nachdem er es vorgelesen hat, richtet er ein paar Bemerkungen an seine aufmerksamen Studenten. »Ich habe schon über einen Hut geschrieben, bin aber noch nie ein Hut gewesen«, sagt er. Später, als wir die nicht verkauften Bücher einpacken, finde ich eine Karte, die jemand für ihn hinterlassen hat.

Sie haben diese Karte erhalten, weil Ihr Privileg nicht zu übersehen ist.

Ihre Worte/Handlungen flößen anderen Unbehagen ein.

Überprüfen Sie Ihr Privileg.

☑ Weiß   ☑ Heterosexuell
☑ Männlich   ☑ Neurotypisch
☑ Sozioökonomisch   ☑ Bürger

»Was soll das Ihrer Meinung nach bedeuten?«, fragt er mich.

Die Zukunft?

. . .

Und der Fachmann für einsame Herzen will die Regierung schrumpfen. Der Wunsch nach einer kleineren Regierung ist natürlich nichts Neues. Gegen Ende des 19. Jahrhunderts hat ein Beamter der U.S.-Regierung vorgeschlagen, das Patentamt abzuschaffen. Alles Wichtige sei bereits erfunden worden, sagte er.

Ben liest ein Buch über die Vorsokratiker. Ich war schon immer besessen von verschollenen Büchern, von all denen, die nur halb geschrieben waren oder in Fragmenten zusammengesetzt wurden. Und heute finde ich in meinem Lunch ein Sandwich, ein Plätzchen und eine Notiz von ihm.

Anscheinend gibt es Farbe, anscheinend Süße, anscheinend Bitterkeit, tatsächlich nur Atome und die Leere.

(Demokrit hat siebzig Bücher geschrieben. Nur Fragmente sind erhalten.)

...

Ich muss diesen Koffer endlich auspacken. Willst du mir damit etwas sagen?, fragte Ben, als er letzten Abend wieder darüberstieg. Wir haben diese kleinen »Willst du mich verlassen?«-Scherze. Der älteste lautet:
Bin gleich zurück, gehe nur Zigaretten kaufen, sagt der Mann zu seiner Frau.

(Jahre vergehen.)

...

Ich schwöre, dass die Hippie-Briefe hundertmal öder sind als die der Endzeitpropheten. Es geht in ihnen nur um Komposttoiletten und Wasserschutz und Elektroautos und darum, wie man den Planeten schont und sieben Generationen im Voraus denkt. »Umweltschützer sind so langweilig«, sage ich zu Sylvia. »Ich weiß, ich weiß«, sagt sie.

...

Draußen vor der Bibliothek redet die Frau, die immer auf der Bank sitzt, über Thanksgiving. Sie hat genug davon, sie will nichts mehr davon wissen, sagt sie zu jemandem. Es ist Mai, aber ich denke, es ist schlau von ihr, langfristig zu planen. Sie hat lange graue Haare und eine Aktentasche voller Papiere. Es gibt verschiedene Geschichten über ihre Vergangenheit. Beliebt ist die, sie sei eine Doktorandin, die immer noch an ihrer Dissertation sitzt. Aber meine Chefin sagt, sie habe früher in der Cafeteria gearbeitet. Ich versuche, mich unbemerkt an ihrer Bank vorbeizuschleichen, aber sie unterbricht ihr Gespräch, um mich nach Geld zu fragen. Ich habe den üblichen Dollar nicht dabei, sondern nur ein paar Münzen und einen Zwanziger. Einmal war ich so verwirrt, dass ich ihr einen Zehner gegeben habe, und seitdem ist sie immer von mir enttäuscht. Ich krame etwas Kleingeld aus der Tasche. Sie wirft einen prüfenden Blick auf die Münzen. Gott segnet mich sowieso.

. . .

Eines Abends ruft Bens Mutter aus Florida, anders gesagt, aus dem Paradies an. Sie will dort beerdigt werden, sagt sie. Und seinen Vater hat sie auch dazu überredet. Aber es gibt ein Problem. Sie haben bereits neben ihrer alten Synagoge Gräber gekauft. Könnten wir sie vielleicht für sie an jemand anderen verkaufen? »Ich weiß nicht, wie wir das anstellen sollten, Mom«, sagt er. Sie bietet an, dass wir sie selbst haben können, aber Ben will nicht in Hackensack, New Jersey, beerdigt werden.

Ich denke an die Zeit, als Sylvia diesen berühmten Zukunftsforscher interviewt hat. Sie fragte ihn, was als Nächstes zu erwarten sei, und er wiederholte seine bekannteste Voraussage: *Alte Leute in großen Städten, die sich vor dem Himmel fürchten.*

. . .

Manche Leute bei diesem privaten Abendessen haben angefangen, in schwimmende Städte zu investieren, die man in internationalen Gewässern ankern lassen

kann und die von keinen lästigen Regierungen über-
wacht werden, aber unsere Gastgeber sind sanftmüti-
gere Menschen, die geduldig zuhören, wie sie sagen.
Sie machen sich Notizen, während Sylvia spricht, aber
am Ende haben sie doch eine quälende Frage: Welcher
wäre der sicherste Ort? Niemand, mit dem sie sich be-
raten haben, konnte bisher eine befriedigende Antwort
geben.

»Aber Sie haben doch alle interviewt. Gibt es irgendeinen Konsens? Irgendwelche Übereinstimmungen
zwischen diesen Wissenschaftlern und Journalisten?
Wir fragen nicht unseretwegen, aber wir haben Kinder, verstehen Sie.«

. . .

Catherine hat ein gesundes vegetarisches Abendessen
zubereitet, um Henrys Einzug bei ihr zu feiern. Er hat
seine Wohnung verloren, weil der Sohn des Vermieters
dort einziehen will. Hätte er ihr das früher gesagt, hätte
sie ihm geholfen, sich dagegen zu wehren, aber er hat
bis zur letzten Minute gewartet.

Ich verstehe sein Widerstreben. Sobald man Catherine
von einem Problem erzählt, beginnt sie zu handeln und
hört erst auf, wenn das Problem gelöst ist. Aus diesem

Grund lässt mein Bruder manchmal ein Problem eine Zeit lang auf sich beruhen, bevor er ihr davon erzählt, damit er sich auf die Wucht ihrer Mobilmachung vorbereiten kann.

Aber es ist wahrscheinlich genau richtig, denn jetzt steht er hier, mit klarem Blick und frisch rasiert, und serviert uns etwas aus Bulgur. Es gibt Platzdeckchen und sogar Kerzenhalter. Ich will einen Scherz darüber machen, wie er in der Welt vorankommt, aber ich lasse es bleiben. All diese Ordnung tut ihm vielleicht gut.

Zum Dessert serviert uns Catherine Früchte mit ungesüßter Schlagsahne. Mein Sohn zerreißt seine Serviette in immer kleinere Fetzen. »Was soll ich hier sonst machen?«, flüstert er. Henry hat es gehört und beugt sich zu ihm, um ihm leise etwas ins Ohr zu sagen. Eli lächelt.

»Was hast du zu ihm gesagt?«, fragte ich meinen Bruder später. »Nichts«, sagt er.

. . .

Diese Frau ist vor Kurzem fünfzig geworden. Sie erzählt mir von ihrer Verschwommenheit, dass man sie kaum wahrnimmt. Sie nimmt an, dass sie nicht mehr so hübsch ist – dicklich, die Haare etwas ergraut. Was ihr aufgefallen ist, was sie ein wenig erschreckt, verrät sie mir, wenn sie außerhalb des Arbeitszusammenhangs einem Mann begegnet, hält er nicht viel von ihr. Er sieht über ihre Schulter oder schanzt sie einer anderen Frau ihres Alters zu. »Ich muss inzwischen so vorsichtig sein«, sagt sie.

. . .

Eli und ich sehen uns seine Hausaufgaben an, hauptsächlich fotokopierte Arbeitsblätter. Sein Schulbuch über Sozialkunde ist zwanzig Jahre alt. Es heißt *Länder und Menschen*. »Wir sagen immer amerikanische Ureinwohner«, sagt Eli. »Nie Indianer. Ich dachte, Amira wäre eine Indianerin aus Indien, aber sie kommt aus Bangladesch.«

Das ist das Mädchen, in das er verliebt ist. Beide sind EAGLEs. Ich sage ihm, dass in den Berichten der Kolonisten aus der Neuen Welt behauptet wurde, es gebe Spinnen, die so groß seien wie Katzen, und Vögel, so klein wie Fingerhüte. Sie schrieben, die Flora und Fauna sei so unglaublich, dass sie nicht wagten, sie zu beschreiben. Aber das interessiert ihn nicht. »Ja, Amira kommt aus Bangladesch«, sage ich, wieder auf sicherem Terrain.

Abends gibt ein Fachmann im Fernsehen Ratschläge, wie man Katastrophen überleben kann, von Natur oder von Menschenhand ausgelöste. Er sagt, es sei nicht wahr, dass Leute in Notsituationen in Panik gerieten. Achtzig Prozent würden einfach erstarren. Das Gehirn weigert sich zu begreifen, was geschieht. Das nennt man Ungläubigkeitsreaktion. »Wer lebendig ist, bewegt sich«, sagt er.

. . .

Draußen vor der Bäckerei steht Nicola. Sie telefoniert, aber sobald sie aufsieht, wird sie mich erkennen. Ich flitze gerade noch rechtzeitig zur Tür hinaus. Sie hat ihr Telefon eingesteckt und schreitet entschlossen die Straße hinunter. Aber im Werkzeugladen bin ich in Sicherheit.

Ein Fehler, wie sich zeigt, denn der Ladeninhaber will mir alles über die alten Zeiten in Flatbush erzählen. Alles hat sich verändert. Die Nachbarschaft hat sich verändert. Neue Leute kommen von anderswoher. Sie verstehen nicht, wie man Dinge richtig angeht. Sie haben keine Geduld. Manchmal wissen sie nicht den Namen des Werkzeugs, das sie kaufen wollen.

Er beschreibt ohne Unterlass mich und meinesgleichen. Möglicherweise muss ich etwas kaufen, um hier rauszukommen. Ich bin schon einmal in eine Falle gelaufen, als ich blaues Flatterband kaufen wollte. Und dieser Mann erzählt die niederschmetterndsten Geschichten; selbst wenn man denkt, so etwas könne doch gar nicht wahr sein, macht er einen fertig.

Und jetzt erzählt mir dieser Mann, wie sehr er seinen Laden liebt, dass er jeden Nagel und jede Schraube darin auflisten könnte. Seit seiner Kindheit habe er ihren Anblick geliebt und wie sich ein gutes Werkzeug in der Hand anfühlte. Aber die Leute, die heutzutage kommen, sind die Großmärkte gewohnt. Der Service interessiert sie nicht. Und ihre Vorstellung vom Inventar ist unrealistisch. »Wenn Sie eine Filiale von Home Depot suchen, dann gehen Sie da hin!«, sagt er.

Ich kaufe den billigsten Hammer in seinem Sortiment, und er lässt mich gehen.

...

Es dämmert schon, als Henry und ich den Park verlassen. Ein Wagen überfährt uns fast. An der Ampel stehen wir neben ihm. Mein Bruder geht zur Fahrerseite. »Meine Dame, Sie hätten uns fast überfahren«, sagt er zu ihr. Aber sie würdigt ihn keines Blicks. »Sie und Ihr wertvolles Leben«, sagt sie.

Später erzähle ich Margot davon.
»Sie sprechen viel von Ihrem Bruder«, bemerkt sie.
»Wir haben eine enge Beziehung.«
»So würde ich es nicht ausdrücken.«
»Sondern?«
»Distanzlos«, sagt sie.

. . .

Die Tochter dieser Frau war drogensüchtig. Die Mutter hatte immer Narcan bei sich für den Fall, dass sie sie wiederbeleben musste. Und dann kam sie lange nicht mehr her. Jetzt erzählt sie mir von dem Tag, an dem ihre Tochter sich eine Überdosis verpasste. »Ich ging zum Lebensmittelladen«, sagt sie. »Ich ging für eine Minute zum Lebensmittelladen.« Sie will ihre Mahngebühren bezahlen, die seit Monaten aufgelaufen sind, aber ich tu so, als gäbe es keine.

Letzte Woche wurden wir darin unterwiesen, wie man es benutzt. Und wenn der Betreffende zu sich kommt, denken Sie dann, er wäre glücklich, dass Sie ihm das Leben gerettet haben?, hat der Ausbilder gefragt. Nein, keineswegs, lautete die richtige Antwort.

Nehmen Sie je anderer Leute Lasten auf sich? ist Frage fünf auf dem Fragebogen zur Distanzlosigkeit.

. . .

Eli hört heute Abend nicht zu zappeln auf. Er kippelt mit seinem Stuhl, bis ich sauer auf ihn werde. Dann steht er auf, um seinen Bleistift zu spitzen. »Ich wollte, es wäre Winter«, murmelt er. Unten auf der Seite steht die Aufforderung, nicht zu vergessen, die Frage in ganzen Sätzen zu beantworten.

Eskimos leben in sehr kalten Ländern. Wir bauen unsere Häuser aus Holz oder Backstein. Der Eskimo baut sein Haus aus Schnee. In seinem kalten Land gibt es wenig Holz. Kann ein Haus aus Schnee ihn wärmen?

»Heißt es nicht Inuit?«, sage ich. »Eskimo ist ein altes Wort, glaube ich.« Er hört mir nicht richtig zu. Später sehe ich meine Bücher durch auf der Suche nach etwas, an das ich mich gerade erinnere. Und als ich schon aufgeben will, finde ich es in einer Schachtel mit meinen alten Texten. Ich habe mal eine halbe Dissertation geschrieben. »Die Domestizierung des Todes: Interkulturelle Mythologien« hielt ich für einen guten Titel.

Ich warte bis zur Schlafenszeit. Eli und ich haben ein immer gleiches Ritual. Kurz bevor er wegdämmert, erzählt er mir von seinem Tag. Dann schließt er die Augen, hält meine Hand fest und sagt: »Glücklicher Gedanke?«

Als Häuser lebendig waren

Eines Nachts erhob sich ein Haus plötzlich vom Boden und schwebte durch die Luft. Es war dunkel, & es heißt, dass ein schwirrendes, stürmisches Geräusch zu hören war, als es durch die Luft flog. Das Haus hatte das Ende seines Weges noch nicht erreicht, als die Leute in seinem Inneren es baten innezuhalten. Und deshalb hielt das Haus an.

Sie hatten keinen Waltran, als das Haus anhielt. Deshalb nahmen sie weichen, frisch herangewehten Schnee & taten ihn in ihre Lampen, & er brannte.

Sie hatten bei einem Dorf angehalten. Ein Mann kam zu ihrem Haus und sagte: Seht nur, sie können in ihren Lampen Schnee verbrennen. Schnee kann brennen.

Doch sobald er dies sagte, erlosch die Lampe.

(nach Inungpasugjuk)

...

Die Prüfungen sind vorbei, doch ein paar Studenten treiben sich noch auf dem Campus herum. Ein Mädchen, dessen Name ich vergessen habe, kommt in die Bibliothek, um sich die Zeit zu vertreiben. Sie hat mir einen dieser Gesundheitssäfte mitgebracht, die sie gerne trinkt. Schmeckt wie ein Shake aus gemähtem Gras. Pulvriger Bienenpollen ist auch drin, was den Trinkenden vor allen möglichen verderblichen Sachen bewahren soll.

Sie erzählt mir, dass ihr Handy gestohlen wurde und sie jetzt ein ganz altes Gerät benutzt. Sie hat beschlossen, nicht das neueste Modell zu kaufen. »Jetzt mache ich alles etwas langsamer. Ich weiß, dass mir Sachen fehlen, weil ich nicht schnell genug auf das antworten kann, was Leute mir sagen oder zeigen, aber das ist in Ordnung. Es gibt mir mehr Zeit zum Nachdenken«, sagt sie.

Ich finde sie reizend. Sie wirkt fast wie eine Transzedentalistin. Ich nehme noch einen Schluck ihres Grasdrinks und denke mir, dass er mir vielleicht einen Energieschub verleiht.

72

Sie holt ihr Handy heraus, um mir zu zeigen, wie veraltet es ist. Es ist genau das gleiche wie meines. Meines ist zwei Jahre alt, aber holt mir im Handumdrehen Dinge herbei.

»Augenblick«, sage ich. »Haben Sie von Sekunden gesprochen? Als Sie sagten, Sie hätten ein neues Zeitgefühl und lebten langsamer, meinten Sie damit Sekunden?« Sie überlegt. »Ja«, sagt sie, »vermutlich Sekunden.«

Ich nehme den Fahrservice nach Hause, weil ich eine Spinnerin bin. Mr Jimmy beschwert sich darüber, wie »diese Firma« sein Geschäft ruiniert. Aus irgendeinem Grund nennt er keinen Namen, aber ich weiß, wen er meint. Er kam als Teenager aus Irland her; seit fünfundzwanzig Jahren fährt er, wie er sagt. »Es interessiert sie nicht mal, wen sie einstellen. Jeden mit einem halbwegs neuen Auto.« Das habe ich gehört, sage ich zu ihm. Es gibt sogar einen Fall, wo eine Passagierin sagte, der Fahrer habe sie angegriffen. Er blickt mich schnell an. »Richtig«, sagt er. »Kein Niveau.«

Später fällt mir ein, Ben von dem Mädchen zu erzählen. »Sekunden!«, sage ich, aber er nimmt es ungerührt zur Kenntnis. »Die Leute reden immer über E-Mail und Telefone und darüber, wie uns das einander entfrem-

73

det, aber diese Technologie-Ängste hat es immer schon gegeben«, erklärt er.

Als die Elektrizität in Haushalte eingeführt wurde, gab es Briefe an Zeitungen, in denen beklagt wurde, dass sie den familiären Zusammenhalt zerstören würde. Die Leute jammerten, dass es keine Notwendigkeit mehr geben würde, sich gemeinsam um den Herd zu scharen. 1903 äußerte ein bekannter Psychologe die Besorgnis, junge Leute könnten ihr Verhältnis zur Abenddämmerung und deren kontemplativen Eigenschaften verlieren.

Hahahaha!

(Außer – wann bin ich zum letzten Mal stehen geblieben, weil es Dämmerung war?)

. . .

Morgen ist mein Geburtstag. »Jetzt sind Sie offiziell mittleren Alters«, sagt meine Kollegin, die ihre Röntgenaufnahmen mit sich herumträgt. Sie hat mich nie leiden können, weil ich keinen richtigen Abschluss habe. Wir heißen wilde Bibliothekare, als wären wir gerade aus dem Wald gesprungen.

Lorraine hat eine After-Work-Party organisiert. Wir gehen in die Bar, wo ich früher gearbeitet habe. Sie heißt The Burrow, ein treffender Name. Dunkel, eng und warm. Und meine Freundin Tracy ist da und serviert uns extra starke Drinks. Ich entscheide mich für Gimlets, weil das festlicher ist.

Wir bringen uns gegenseitig auf den neusten Stand. Sie hat seit sechs Monaten eine Beziehung zu einem gut aussehenden und schrecklichen Typen, der in Philadelphia wohnt. Sie schildert ausführlich seine Grausamkeiten und unterlegt die Sache mit Gelächter. »Und dann bin ich den ganzen Weg hingefahren, um ihn zu sehen, obwohl ich mich vor dichtem Verkehr fürchte.«

Als sie ankam, hatte er einen Zettel an der Tür hinterlassen, auf dem stand, er habe unerwartet wegfahren müssen. *Geh einfach rein*, stand auf dem Zettel, allerdings hatte er immer nur davon geredet, ihr einen Schlüssel zu geben, es aber nie getan.

»Du brauchst jemand Nettes«, sage ich.

Und dann ist da in ihren Augen etwas, das schwer zu entziffern ist. Bis ich es begreife. Sie hat Mitleid mit mir und mit allen anderen, die sich für Nettigkeit und

Anstand entschieden haben. »Klar, klar, ich nehme an, ich könnte es mit Nummer sicher versuchen«, sagt sie. »Aber ich habe noch nie so empfunden. Noch nie.«

Aber niemand kann einem Sicherheit garantieren, würde ich ihr gerne sagen. *Sicherheit?*

Als wir vor Jahren zusammen gearbeitet haben, sagte sie immer zu mir, ich hätte keinen Sportsgeist. Das sagte sie, weil man offenbar keine Zeit verschwenden soll, sondern den Mann, mit dem man verabredet ist, ohne Umschweife über die Zeit ausfragen soll, als er zum letzten Mal herzzerreißend einsam war. Das ist offensichtlich nicht die beste Methode. Aber es macht eine Verabredung so viel weniger langweilig. Hast du, hattest du, wirst du? Ich will es nur wissen.

Ich biete ihr ein Stück Geburtstagskuchen an. Sie fängt an mit dem üblichen Gerede über Versuchung und Sündhaftigkeit und diesem und jenem, und wir müssen jede Station des elenden Kreuzwegs absolvieren, bis sie einen Bissen nimmt. »Das war köstlich«, sagt sie, bevor sie davoneilt, um neue Drinks zu machen. Ich bin bei Nummer fünf, glaube ich. Vielleicht Nummer sechs.

Jetzt innehalten.

Aber das tue ich nicht, nein. Schon rede ich mit jedem an der Bar. Ich erzähle Geschichten, zuerst gute, dann weniger gute, je später es wird. Hätte ich mich nur an das alte Sprichwort erinnert:

Wenn drei Leute sagen, dass du betrunken bist, geh ins Bett.

Denn der Sachverhalt, dass die New Yorker Kanalisation sechstausend Meilen lang ist und sich unterhalb des Meeresspiegels befindet, ist inzwischen mein Gesprächseinstieg für alle Gelegenheiten.

Am Morgen brummt mir der Schädel. Auf dem Tisch liegen lauter Geschenke. Außerdem gibt es Waffeln mit Erdbeeren und Schlagsahne. Und Ben ist lange aufgeblieben und hat die Bleistifte gespitzt, die er unter dem Sofa gefunden hat. Die schönsten hat er für mich herausgelegt. Ich stecke sie erfreut in meinen Rucksack, vor allem den roten Stift, den ich verloren geglaubt habe.

. . .

Mr Jimmy fällt auf, dass ich hinke. Er erzählt mir, dass sein erwachsener Sohn inzwischen behindert ist, dabei konnte er nichts dafür. »Dabei konnte er nichts dafür«,

77

wiederholt er. »Es bricht einem das Herz«, sagt er, und ich stimme ihm zu.

Ich versuche Sylvia zu erreichen, während ich darauf warte, dass es klingelt. »Ich rufe gleich zurück«, sagt sie. »Ich muss diesen Artikel abschicken, aber mir ist noch nicht die obligate hoffnungsvolle Schlussbemerkung eingefallen.«

Draußen ist es drückend heiß. Ich stehe da und schwitze in meinem schwarzen T-Shirt. Amiras Mutter steht neben mir. Du musst dir Mühe geben, hat Eli gestern zu mir gesagt. Du musst sie fragen. Es ist fast schon Sommer, und er bekommt langsam Angst. Wie wird er sie sehen können? Wo wohnt sie überhaupt?

Aber ich weiß nicht, wie Amiras Mutter heißt. Und sie unterhält sich mit ihrer Freundin in einer Sprache, die ich nicht beherrsche. Nur noch vier Schultage, und in drei Minuten klingelt es. Ich stecke mir die Kopfhörer in die Ohren und lausche einem Beitrag über etwas, das als »The Mesh« bezeichnet wird. Offenbar hält man es für einen besseren Begriff als das Wort »Web«.
Ein Mann ruft aus Dallas an. *Was verstehen Sie unter Vernetzung?* Eine Pause, und dann spricht der Ökologe: *Auf Madagaskar gibt es eine Mottenspezies, die die Tränen schlafender Vögel trinkt.*

ZWEI

Jemand zündet jetzt schon Kracher. Es ist noch nicht einmal Mittag. Der Lärm macht den Hund schier wahnsinnig, und man kann ihn nur mit tausend Runden Glibberfrosch beruhigen.

Schließlich muss ich aufhören, weil meine Hand vollgesabbert ist. Ich gehe ins Bad, um sie abzuwaschen. Es gibt eine antibakterielle Seife, die Ben letzte Woche im Ein-Dollar-Laden gekauft hat. Sie ist leuchtend pink. Benutze keine antibakterielle Seife!, hat Catherine gesagt, weil tralalatralala.

Ben räumt den Wandschrank im Flur auf, während Eli und ich uns vor der Klimaanlage ausstrecken. Heute ist Monopolytag. Gestern war auch Monopolytag. Wir sparen diesen Sommer und zelten nicht so oft. Deshalb liege ich hier rum und warte geduldig, während mein Sohn darüber nachdenkt, ob er St. James Place kaufen soll.

Pop! Pop! Pop!

Der Hund knurrt leise auf dem Sofa. Eli kauft alle Bahnhöfe. Ben schlittert in Socken über den Boden und bringt uns rotes, weißes und blaues Eis am Stiel.

Beschlossen, dass wir die Heiligen sind.

. . .

Eli guckt am liebsten Videos über Roboter. Aber sie sind immer eine Enttäuschung. In diesem hier erklärt irgendein Professor vom MIT, wie dieses Gerät, das an einen Krebs erinnert, gelernt hat, auf Licht zu reagieren und Hindernissen auszuweichen. »Los!«, befiehlt er ihm, und es schlängelt sich durch ein Labyrinth, um die winzige Glühbirne am Ende zu finden.

Und Mrs Kovinski hat ihren Fernseher auf volle Lautstärke gestellt, sodass sie mir jeden Gedanken aus dem Kopf fegen kann. Sie sieht sich nur zwei Arten von Sendungen an: Seifenopern und den pausenlosen Nachrichtensender. Ich stelle Musik an, um den Fernseher sanft zu übertönen. *Wie schön bin ich, nicht wahr? Wie schön ...*

. . .

Im Sommer ist es schwieriger wegzufahren. Aber ab und zu fahre ich mit Sylvia. Eine Sache, die uns auf unseren Fahrten klar wird: Die Leute sind es wirklich leid, sich Vorträge über Gletscher anzuhören.

»Wissen Sie, das habe ich alles schon gehört«, sagt dieser rotgesichtige Mann. »Aber wie sieht das mit dem Wetter in Amerika aus?«

. . .

Eines Morgens erklärt mir eine Studentin, zu scheitern sei keine Option, und ärgert sich, als ich lachen muss. Ich sage zu ihr: He, ich hatte auch Pläne! Große Pläne, zumindest mittelgroße. Sie starrt mich an. Entschuldigung?, sagt sie. Als sie weg ist, gehe ich schnell auf die Toilette, um mich zu vergewissern, dass ich keinen Lippenstift an den Zähnen habe.

Manchmal kommt es mit den Studenten inzwischen zu Momenten, in denen ich mich fühle, als würde plötzlich ein kalter Windhauch aufkommen. Deshalb überprüfe ich in letzter Zeit, ob meine Strickjacke richtig geknöpft ist oder mein T-Shirt nicht zu abartig aussieht. Ich komme mir vor wie eine Frau, die eine volle Tasse in einen Raum mit fremden Menschen trägt und versucht, nichts zu verschütten.

Könnte, sollte, würde.

Wenn ich nach Hause komme, lasse ich die Post auf meinen Schreibtisch fallen, ohne hinzusehen. Das ist meine Lieblingsangewohnheit. Aber aus irgendeinem Grund sieht Ben heute Vormittag, wie hoch der Stapel ist. Er kommt mit einem ganzen Haufen davon in die Küche.

»Was glaubst du, was dabei herauskommt, wenn du die Rechnungen nicht aufmachst? Denkst du, es käme jemand und würde sie mitnehmen?«

Überlebenscoaches haben ein Motto: *Sei vorbereitet, oder stirb.*

Ich muss endlich arbeiten, sagt er, sage ich, sagt jeder.

»Sie legen dauernd chinesische Zeitungen vor meine Tür, aber ich bin keine Chinesin«, schreit Mrs Kovinski durch den Hausflur.

Benutze die unten stehende Reihenfolge und kreise jeweils eine Zahl ein, um anzugeben, was dir von früher fehlt und wie sehr es dir fehlt.

1 = überhaupt nicht,   9 = sehr stark

Familie
1   2   3   4   5   6   7   8   9
Keine Sorgen haben
1   2   3   4   5   6   7   8   9
Orte
1   2   3   4   5   6   7   8   9
Jemand, den du geliebt hast
1   2   3   4   5   6   7   8   9
Dinge, die du getan hast
1   2   3   4   5   6   7   8   9
Wie Leute früher waren
1   2   3   4   5   6   7   8   9
Gefühle, die du hattest
1   2   3   4   5   6   7   8   9
Wie die Gesellschaft früher war
1   2   3   4   5   6   7   8   9
Haustier oder Haustiere
1   2   3   4   5   6   7   8   9
Keine traurigen oder bösen Dinge kennen
1   2   3   4   5   6   7   8   9

· · ·

Ich beginne zu verstehen, warum all diese Leute zum Mars fliegen wollen. Der Gast heute in der Sendung erklärt, dass viele Wissenschaftler in kaum verhohlene Panik ausbrechen angesichts der neuesten Daten. Ihre bisherigen Modelle waren viel zu optimistisch. Alles geschieht viel schneller als erwartet. Er verabschiedet sich mit einem Zitat.

»Viele von uns denken ähnlich wie unser Kollege Sherwood Rowland. Als er eines Abends nach Hause kam, sagte er zu seiner Frau: ›Die Arbeit geht gut voran, aber es sieht ganz danach aus, als könnte das Ende der Welt bevorstehen.‹«

· · ·

Was fürchten Sie am meisten an der Mission?
Wenn ich ausgewählt werde, fürchte ich mich vor nichts.

Was wird Ihnen am meisten auf der Erde fehlen?
Das Schwimmen wird mir am meisten fehlen.

· · ·

In Maplewood sitzen wir auf der Veranda und blicken in den Vorgarten. Catherines Mutter sagt, sie spiele mit dem Gedanken, einen Fliederbusch zu pflanzen. Ihr Vater sagt: Der letzte ist eingegangen, du musst eine widerstandsfähigere Sorte kaufen. Es ist möglich, dass sie streiten, aber sie tun es so diskret, dass ich mir nicht sicher sein kann.

Man kann hier nichts anderes tun als herumgehen, also beschließe ich, mein zwickendes Knie zu ignorieren. Wir gehen unter den blühenden Bäumen die Straße entlang. Außer Gärtnern war niemand draußen. Legionen von ihnen arbeiten auf den Rasenflächen still vor sich hin. Es gibt ein Haus, in dem ein berühmter liberaler Reicher wohnt. Auf seinem Rasen dürfen die Gärtner ihre mexikanische Musik hören.

Henry möchte mit mir noch ein bisschen gehen, nachdem die anderen ins Haus gegangen sind. Catherine hat letzte Woche gefragt, ob er sie heiraten will, und er hat Ja gesagt. Ihre Eltern sagen, sie hätten ihren Segen. Wir gehen schweigend weiter, bis wir ans Ende der Nachbarschaft kommen, in eine Gegend mit einfacheren Häusern. BETRÜGER, LÜGNER, DIEB, steht auf dem Schild in einem Fenster.

»Ich werde alles falsch machen«, sagt mein Bruder.
»Ich kann spüren, wie die ganzen falschen Gedanken
kommen. Und wenn ich alles in den Sand setze?«, will
er wissen. Er raucht jetzt, eine Zigarette nach der anderen nach der anderen. »Es wird dir vergeben werden«,
sage ich.

. . .

Irgendwie ist es mir gelungen, einen übervollen Ab-
fallbeutel in den Müllschlucker zu bugsieren. Im Hoch-
gefühl des Triumphs gehe ich in den Hausflur. Dann
sehe ich Mrs Kovinski am Aufzug. Sie hat jetzt einen
Krückstock. Sie ist ausgerutscht und hingefallen, als
sie ihrer Pflicht als Geschworene nachkam. Wie ko-
misch, ausrutschen und hinfallen, sagt sie. Und erzählt
es mir wieder und wieder.

Manchmal bringe ich ihr Bücher zum Lesen. Sie hat
mir gesagt, dass sie Krimis mag. Normale Krimis. Aber
der letzte, den ich ihr gegeben habe, hat nichts getaugt,
sagt sie. So ein Durcheinander. In dem Buch hat der
Ermittler das Verbrechen untersucht, alle Spuren verfolgt, jeden denkbaren Verdächtigen interviewt, bis er
feststellen musste, dass er selbst der Mörder war.

Nicht zu fassen.

. . .

Catherine hat meinem Bruder mit schwarzem Filzstift *Selbstfürsorge* auf die Hand geschrieben. Das soll ihn daran erinnern, öfter an die frische Luft zu gehen, sich besser zu ernähren und sich vom Computer fernzuhalten.

Das Problem ist, dass er ständig diese Bilder anschaut, auf denen sich die Flüchtlinge in Sicherheit bringen wollen, wenn man ihn nicht davon abhält. Immer wieder werden die Bilder von dieser Insel gezeigt, die keine Ressourcen mehr hat. Die Leute, die dort leben, bilden ihre eigenen Rettungsmannschaften. Die Fischer fahren in ihren Booten raus und ziehen Überlebende aus dem Meer. Andere bringen trockene Kleidung zum Strand.

Ben hat mir gesagt, bei den Griechen habe es historisch sowohl als eine Pflicht als auch eine Ehre gegolten, Fremde aufzunehmen. Das sieht man bei den Dorfbewohnern. Wie sie hinausfahren, um Gerettete in ihre Boote aufzunehmen, oder den erschöpften Menschen am Strand etwas zu essen bringen. In alten Zeiten pflegten die Götter die Menschen auf die Probe zu stellen, indem sie in Lumpen an ihre Tür kamen, um zu sehen, ob man sie willkommen heißen oder verjagen würde.

Henry hat dieses Foto von einem Mann markiert, der sein Kind einen Hügel hinaufträgt. In der Unterschrift zu dem Bild heißt es, er sei mit dem kleinen Mädchen vier Tage lang in einem Schlauchboot nach Griechenland gefahren. Danach ist er vierunddreißig Meilen mit ihm zum nächsten Lager gegangen. »Ich glaube nicht, dass ich das könnte. Ich glaube nicht, dass ich stark genug dafür wäre«, sagt Henry. »Du wirst nicht vierunddreißig Meilen mit deinem Kind auf dem Rücken gehen«, erwidere ich.

»Aber wenn ich es müsste«, sagt er.

. . .

Jedes Mal, wenn ich denke, ich sei eine halbwegs anständige Person, fällt mir die Geschichte ein, die mir eine Frau über ihren Exmann erzählt hat. Er kam immer zu spät nach Hause. Er kam nie um die Uhrzeit, die er genannt hatte. Ich dachte schon, ich würde die Geschichte kennen, bevor sie sie mir erzählte, aber das stimmte nicht. Es war einfach nur so, wenn ihn jemand um Hilfe bat, kümmerte er sich sofort darum, was der

Betreffende brauchte. Und dann versuchte er, es zu besorgen, wenn er es konnte. Manchmal ging es um Geld, manchmal um Essen; einmal brauchte ein Mann einen Gürtel, und er gab ihm seinen. Dass er immer zu spät kam, lag daran, dass sein Büro neben der Penn Station lag. Sie haben sich getrennt, weil er ein schlimmer Trinker war, aber trotzdem.

. . .

»Du hast gar keine richtige Arbeit mehr, oder?«, sagt Ben eines Tages, als ich früh nach Hause komme. Er hat recht. Ich könnte einer von denen sein, die vor Monaten rausgeschmissen wurden, aber immer noch so tun, als würden sie jeden Morgen zur Arbeit gehen. Manchmal begegnet man ihnen in der Bibliothek.
»Kannst du sein Bett beziehen?«
»Ich habe den Abfluss repariert.«
»Ich habe Mais gekocht.«

. . .

Ich mag keine Hochzeiten, weil ich dann weine und zu viel trinke, aber dieses Mal habe ich Glück. Catherine ist schwanger, und sie machen eine Schnellhochzeit im Rathaus.

Vielleicht kann ich diesen Traum jetzt loswerden. Den Traum, in dem mein Bruder in meiner Wohnung auftaucht und sagt: Lizzie, kann ich hier sterben?

Denn auf einmal habe ich eine Schwägerin. »Oh, kauf das nicht«, sagt Catherine in der Bodega. »Es enthält Blau Nr. 1.« Ich sehe sie an und tue so, als läse ich den Beipackzettel. »Es ist die einzige Farbe, von der man weiß, dass sie die Blut-Hirn-Schranke überwinden kann. Diese Schranke schützt das Gehirn vor Toxinen.«

Ich lege das Päckchen in der Hoffnung in das Regal zurück, dass das Gespräch damit beendet ist, aber sie hat noch mehr schreckliches Wissen, das sie mir mitteilen muss. »Blau Nr. 1 dringt in die Hirnflüssigkeit ein, aber die Wissenschaftler wissen nicht, was es dort anrichtet«, sagt sie mir. »Offenbar haben sie geforscht, aber es gibt noch keine Ergebnisse.« »Okay«, sage ich, »aber sie wissen ja auch nicht mal, wie Aspirin genau funktioniert, oder? Es gibt keine ›Aspirin-Theorie‹.«

· · ·

Eine Frau um die vierzig erfuhr von ihrem Arzt, sie müsse etwas für ihre Gesundheit tun. Er schlug ihr vor, zu joggen und jeden Tag zwei Meilen zu laufen. Er sagte, sie solle ihn in zwei Wochen anrufen und ihm sagen, wie es ihr gehe. Zwei Wochen später meldete sie sich bei ihm. »Und wie geht es Ihnen?«, fragte der Arzt. »Eigentlich gut«, sagte die Frau, »aber ich bin jetzt achtundzwanzig Meilen weit weg von zu Hause.«

. . .

Wenn ich mich weit genug hinter den anderen Eltern verstecke, kann ich dort warten, bis die Kinder rauskommen. Das habe ich letztes Jahr begriffen. Die weißen Eltern drängen sich immer vor und stehen da wie ein Bataillon. Die meisten haben Kinder in der EAGLE-Abteilung. Es ist auffällig, wenn diese Klassen aus der Schule kommen, weil ihr Anteil so gering ist. Zehn Prozent vielleicht. Fast alle anderen Schüler stammen aus Südostasien. Klein-Bangladesch, wie unsere Nachbarschaft manchmal genannt wird. Oder Klein-Pakistan. Allerdings nicht von denen, die hier wohnen.

. . .

Sylvia ruft mich an und sagt, sie verliere allmählich die Zuversicht. »Diese Leute«, sagt sie. In einem Haus in den Bergen hatten die Kinder Piñatas voller Süßigkeiten in ihren Zimmern, einfach nur so zum Spaß.

Später blättere ich in ihren alten Mails. Es ist wahr. Sie kann nicht mehr. Früher beantwortete sie Fragen so.

Frage: Warum lieben Menschen Applaus?

Antwort: Ich vermute, es liegt daran, dass wir gegenüber vielen Tieren im Nachteil sind. Wir haben weder spitze Zähne noch Klauen. Wir sind nicht die größte und nicht die schnellste Spezies. Und wir haben uns in einer Umgebung entwickelt, in der wir als Nomaden lebten und täglich den Furcht einflößenden Naturkräften ausgesetzt waren. Deshalb haben wir uns zu engen Gruppen zusammengeschlossen, um uns besser zu schützen. Wir machten Feuer und erzählten uns Geschichten, um die dunklen Nächte zu überstehen. Der Applaus ist für uns vielleicht eine Möglichkeit, unsere schwachen Hände wie Donnergrollen klingen zu lassen.

Am Ende klang es eher so.

Frage: Wie sind wir bloß hierhin geraten?

Antwort: *Wenn nötig können wir den ganzen Globus verwüsten, in die Eingeweide der Erde eindringen, bis in tiefste Tiefen tauchen, zu den entferntesten Gebieten der Erde reisen, um Reichtum anzuhäufen, unser Wissen zu bereichern, oder auch nur, um unser Auge und unsere Fantasie zu erfreuen.*

(William Derham, 1711)

. . .

»Wie kannst du nachts schlafen, wenn du das alles weißt?«

»Ich weiß es schon sehr sehr lange«, sagt sie.

Es macht ihr auf andere Weise zu schaffen, glaube ich. Sylvia will immer Dinge sehen, in der Nähe und weiter weg. Voraussetzung ist, dass sie schneller verschwinden als erwartet. Die Fahrten zum Vergehenden und Vergangenen, nenne ich sie. Sie holt mich früh ab, dann fahren wir und fahren, bis wir einen bestimmten Ort erreichen. Dann gehen wir herum und sehen uns Dinge an. Einmal habe ich Eli mitgenommen. Wir standen da und sahen eine Art Wiese an. Er wartete geduldig, bis wir zum Auto zurückgehen konnten.

Kinder können keine Leere ertragen, sagte Sylvia.

. . .

In der Bibliothek gibt es inzwischen überall kleine Schilder, auf denen steht: »ATMET! ATMET!« Warum sind wir alle so gut in dieser Atemsache geworden? Als wäre das alles irgendwie passiert, als ich nicht da war.

Und warum hat meine Mutter mir diesen Karton mit alten Unterlagen geschickt? Henry hat sie auch welche geschickt. Catherine hat sie durchgesehen und auf der Stelle an mich weitergeschickt. Sie stammen aus der Highschool-Zeit, als mein Bruder unerklärlicherweise in den Model United Nations Club eintreten wollte.

Bei der Vorbereitung auf diese Reise war Henry zweifellos einer der enttäuschendsten Studenten, mit denen ich je in solch einer Situation zu tun hatte. Wenn man ihn auf seine Pflichten hinwies, war seine offensichtliche Reaktion Ungläubigkeit, gepaart mit Leichtfertigkeit. Ein Streitpunkt war auch sein Mangel an Rücksichtnahme, indem er andere seine Arbeit tun ließ.

Gegen Ende des Ausflugs entwickelte er allerdings ein Bewusstsein und eine Sensibilität für diesen Eindruck und

machte sich ernsthaft und begeistert an die Arbeit. Es ge-
lang ihm, seine Ichbezogenheit zu überwinden und sich an
den Pflichten und Freuden der Reise zu beteiligen. Wenn
er für die Bedürfnisse anderer Menschen empfänglicher
werden sollte, wird er eine Bereicherung für jede Gruppe
sein.

. . .

Ich weiß nicht, was mit mir nicht stimmt. Offenbar kann ich nicht aufhören, falsche Entscheidungen zu treffen. Das Abartige daran ist, dass sie sich nicht heimlich anschleichen. Ich kann sie meilenweit kommen sehen.

Meine größte Fehlentscheidung ist die, zu viel unterwegs zu sein oder mich als Pseudoseelenklempnerin zu betätigen, während ich zugleich die Leute übergehe, mit denen ich zusammenlebe. In letzter Zeit bin ich ständig mit meiner Mutter am Telefon. *Lizzie,* sagt sie, wenn sie anruft. *Lizzie, hast du eine Minute Zeit?*

Alles dreht sich um das neue Baby. Mutter wartet aufgeregt darauf zu kommen, wenn die Kleine geboren ist, aber sie fürchtet, nicht wirklich erwünscht zu sein, dass sie nur aus Höflichkeit eingeladen wurde. Ich weiß nicht, ob das stimmt. Meine Mutter ist sehr gut darin zu helfen, wenn sie gebraucht wird. Einmal hat sie unseren Thanksgiving-Truthahn auf dem Parkplatz verschenkt, weil sie eine bedürftigere Familie sah. »Komm«, sage ich zu meiner Mutter. »Alle freuen sich darauf.«

Als ich das Telefonat beende, sind alle schlecht gelaunt. Eli wollte Tod und Leben mit mir spielen und hat die Karten alle auf seinem Bett verteilt. Ben wollte mir das neue Spiel zeigen, das er über die *Odyssee* gemacht hat.

Ich bin für beides zu müde. Der Kompromiss sieht so aus, dass wir alle Eiscreme essen und Videos schauen, auf denen Ziegen wie Frauen schreien.

...

Noch mehr Post als sonst. Ich hoffe wirklich, dass all diese Leute, die Sylvia schreiben, verrückt sind und nicht depressiv.

Manche Juden sahen, dass Mauern um das Getto errichtet wurden, und dachten, sie hätten noch Zeit. Lassen Sie sich nicht von der Ruhe der anderen täuschen. Verschwinden Sie, bevor irgendjemand es auch nur in Betracht zieht. Wenn Sie sich 2060 vor Augen rufen, könnte Südargenti-

nien ein guter Ort für Ihre Kinder sein, weil es so nahe an der antarktischen Halbinsel liegt, der Gegend, wo die Kolonien für die Überlebenden gebaut werden.

. . .

Heute Vormittag musste ich mich mit etwas vertraut machen, was als »Klimaabgang« bezeichnet wird, und später, zur Schlafenszeit, als Ben schon fast schlief, war ich genötigt, ihm davon zu erzählen. Ich glaube nur an Zahlen, murmelte er. Zeig mir die Zahlen, ja?

Aber man will keine Zahlen mehr sehen; man geht nie zu der Website zurück, in der man das Jahr von Elis Geburt verzeichnet und dann zugesehen hat, wie die Zahlen sich immer weiter summiert haben. Nein, niemals.

»Was ist los mit euch?«
»Lizzie ist ein Weltuntergangsspinner geworden.«

Churchill hielt 1934 eine Ansprache vor dem Unterhaus, in der er die schrecklichen Folgen eines Luftangriffs auf London zu schildern versuchte. Er hoffte, solche Bilder der Verwüstung würden sogar die größten Optimisten zwingen zu überlegen, was passieren würde, wenn es Bomben vom Himmel regnete. Die

Einzelheiten, sagte er, *hätten ihm Leute verschafft, die sich auf dem Fachgebiet auskennen.*

. . .

Jemand hat Metallspitzen auf dem Zaun um den Spielplatz angebracht. Nicht hier, nicht hier und auch nicht dort, lautet die Botschaft an die Tauben. Ratten der Lüfte haben die Spielplatzplaner sie wahrscheinlich genannt.

Catherine und ich unterhalten uns ein bisschen über das Viertel. Wer seinen Laden schließt, wer einen eröffnet. Übernehmen pakistanische Restaurants die indischen? Vermieten die Orthodoxen jetzt an die Tibeter? Es gibt ein neues Lokal, halb Gitarrenladen, halb Bar. »Woher kommen all diese Hipster?«, sagt mein Bruder in seiner Lkw-Fahrer-Fleecejacke.

. . .

In der Bodega ist ein zugedröhnter Typ, der sagt: »Ich habe jede Menge.« Mohan wendet sich an ihn. »Bruder, sag mir, was du brauchst?«

Letzte Woche sind wir zufällig Amira und ihrer Mutter begegnet. Sie heißt Na'ila. Ich habe sie zum Tee eingeladen, und sie kamen am nächsten Tag zusammen mit Amiras zwei älteren Schwestern. Die Schwestern saßen nebeneinander auf dem Sofa und antworteten höflich auf alle Fragen, die ich ihnen stellte.

Wie anders ist es hier als da, wo ihr gelebt habt?
Wir haben vorher nie Milch aus einer Flasche getrunken.

Amira und Eli spielten still auf dem Fußboden. Mit den Legosteinen klappte es nicht, und er hat die Eiscreme aus Plastik geholt. Die schien ihr sehr gut zu gefallen. Später, als sie gingen, hat sie zart meinen Arm berührt. Bis zum nächsten Mal, sagte sie wie jemand, der Englisch aus dem Fernsehen gelernt hat.

. . .

Catherines Geburtsvorbereitungen ziehen sich hin. Es stehen so viele Dinge an. Eines davon ist ein »Augenkissen« (organischer Lavendel). Henry hat mir gestern Abend gesagt, dass er so schnell wie möglich eines besorgen MUSS.

Ich empfehle ihm den Hippieladen an der Seventh Avenue. Einmal waren wir zum Spaß zusammen dort. Wir hielten Quarzkristalle hoch, klingelten mit winzigen Glöckchen, stöberten in Hanfkleidung. Die Verkäuferin kam zu uns und fragte, ob wir uns für Energiebehandlung interessierten. Eigentlich glaube ich nicht daran, sagte mein Bruder zu ihr. Sie wirkte überrascht. Warum nicht?, meinte sie. Sie glauben doch an den Wind, oder etwa nicht?

Ich weiß nicht recht warum, aber alle Frauen, die sich in Henry verlieben, sind eine eigenartige Mischung aus eisenhart und Hippiementalität. Catherines Vorgängerin schickt ihm immer noch Tierarztrechnungen für die gemeinsame Katze. *Segen, Segen, Segen,* schreibt sie drauf.

Ich gehe ins Wohnzimmer und drehe die Klimaanlage bis zum Anschlag auf. Für Ben ist es Energieverschwendung, sie so hochzustellen. Was, wenn wir das Netz überlasten? Aber mir ist heiß, und ich ignoriere ihn. Ich knie mich hin, halte das Gesicht vor die Klimaanlage. Früher galt Traurigkeit als Todsünde, später löste die Faulheit sie ab. (Also zwei volle Punkte.)

...

Henry und ich wollen uns in dem Café in seinem Häuserblock treffen. »Ich habe Hausarrest«, flüstert er. »Es ist zum Aus-der-Haut-Fahren.« Ich wünschte, ich könnte ihm etwas für seine Nerven geben, aber das geht natürlich nicht. Ich ermahne mich (wie so oft), nie so abhängig von Drogen oder Alkohol zu werden, dass ich darauf verzichten muss.

Also kein Klonopin. Vielleicht einen Spaziergang im Park. Aber die Wettervoraussage kündigt für morgen Regen an. Und viel Wind.

Oh, es ist jetzt schon so weit. Der Hund bellt das Fenster an und dann den Recycling-Container, der rätselhafterweise weggerollt ist. Aus dem Wohnzimmer dröhnen die Nachrichten. Er will eine Mauer bauen. Sie wird eine wunderschöne Türe haben, sagt er.

Frage: Wie kann ich meine Kinder am besten auf das bevorstehende Chaos vorbereiten?

Antwort: Sie können ihnen beibringen zu nähen, zu pflanzen, zu bauen. Aber Techniken, um eine furchtsame Seele zu beruhigen, sind vielleicht am nützlichsten.

Mein Bruder kommt mit vier Einkaufstüten in den Imbiss. Mit diesem Ding, das man beim Stillen braucht, Wasser in Flaschen, Energieriegel, einem Luftbefeuchter, einer grauen Strickjacke und tatsächlich einem Lavendel-Augenkissen. »Du lieber Himmel«, sagt er. »Ich war vier Stunden unterwegs. Meinst du, die Krankenschwestern lassen uns das alles mit reinnehmen?«

Ich bin hin- und hergerissen, weil sie das sicher nicht erlauben werden, aber ich will sichergehen, dass er weiß, wie sehr seine Sorgfalt mich beeindruckt. Es scheint mir ein gutes Zeichen zu sein, dass mein Bruder mit diesen Sachen zurande kommt. Es gelingt mir, ihm etwas in der Art zu signalisieren.

Wir bestellen Kaffee, Kuchen und noch mehr Kuchen. Henry isst seinen und meinen auch. Ich frage ihn, was er zu Hause zu essen bekommt. Er ignoriert die Frage. Catherine beabsichtigt, sich einen Monat freizunehmen und dann wieder zu arbeiten. Ihre Mutter kommt für eine Woche zu ihnen, dann unsere Mutter, und danach gibt es nur Henry. Am Kinn hat er einen Klecks Kuchenglasur. Ich sage es ihm und reiche ihm eine Papierserviette.

Die Kellnerin kommt, um abzuräumen. Sie legt Henry die Rechnung hin, und obwohl er jetzt mehr Geld hat, gibt er sie mir. Ich gebe der Kellnerin die Geldkarte, die vielleicht noch gedeckt ist. Sie bringt mir den Ausdruck, und ich unterschreibe ihn. Henry legt das Trinkgeld auf den Tisch.

Ich nehme den Fahrservice für den Nachhauseweg. Der Himmel ist strahlend blau. »Ich war früher ein Zeitungsbote«, sagt Mr Jimmy.

. . .

Mein Mann liest vor dem Frühstück die Stoiker. Das kann doch nicht gesund sein, oder? Letzten Abend musste er mir versprechen, diese Übung nicht an uns auszuprobieren. Die Übung, wenn man auf eine geliebte Person blickt, die schläft, und sich ermahnt: *Morgen wirst du sterben.*

Er hat gesagt: Einverstanden. Warum sollte er auch? Hatten wir nicht schon beschlossen, dass er zuerst gehen würde? Er ist ganz beschwingt. Vielleicht, weil er diese Szene wie aus großer Höhe betrachtet.

. . .

Inzwischen gibt es immer weniger Vögel. Hier ist das Loch, in das ich vor einer Stunde gestolpert bin. Ich höre endlich auf, mit der Zunge zu schnalzen, wenn meine Mutter anruft. Sie will mir erzählen, dass die Situation da, wo sie wohnt, schlimmer wird. Jemand hat Süßigkeiten in die Briefkästen aller Weißen gesteckt und mit einem Zettel versehen, auf dem stand: *Gibt es Probleme in Ihrer Nachbarschaft?*

. . .

Und Henry hat begonnen, verschlüsselte Nachrichten zu schicken. Stürmische Winde hier, schreibt er, und ich brauche eine Weile, um zu begreifen. Arme Catherine. Das Baby soll bald da sein, und die Bettruhe macht sie wahnsinnig.

Als ich mit ein paar Lebensmitteln komme, macht Henry sich aus dem Staub, noch bevor ich die Schuhe ausgezogen habe. *Du rauchst doch nur, oder?*, melde ich mich aus dem Badezimmer. *Keine Pillen, kein Pulver*, sagt er.

Ihre Wohnung ist unordentlicher als je zuvor. Ich mache etwas Suppe für Catherine warm. Ihre Haare sind fettig, und sie hat mit Wimperntusche geschlafen. Zuneigung zu ihr überkommt mich. »Das wird bald vorbei sein, richtig?« »Richtig«, sage ich. Sie hält die Suppenschale im Schoß, ohne zu essen. Sie sieht einem Mann auf YouTube zu, der wie ein Arzt gekleidet ist.

Ich weiß, wie es am Ende war. Der Arzt sagte, ich solle darauf achten, dass das Baby mindestens alle vier Stunden trat. Wenn nicht, sollte ich in die Klinik gehen. Eines Morgens hörte das Treten auf. Es war der zweite Tag eines Blizzards. *Meiden Sie die Straßen*, hieß es im Radio. Aber der Taxifahrer raste für uns über den vereisten Asphalt. Er erzählte uns von seiner Frau und seinen vier Kindern in Ghana. *Vertrauen Sie mir*, sagte er. *Wir sind schon fast da.*

. . .

Heute habe ich Nicola vor dem Drugstore gesehen, aber bevor ich reagieren konnte, schlüpfte sie in den Laden. Später begriff ich. Es war in all diesen Jahren nicht nur der Zufall, der dafür sorgte, dass wir uns nicht begegnet sind.

Ach Gott, Elis Mutter! Die selbstgefällige Person, die von allen verlangt zu wissen, dass sie eine höhere Bildung hat und dass die Scheinwerfer ihres Autos von Klebeband zusammengehalten werden!

Also geht sie mir auch aus dem Weg.

...

Die Leute in diesem Meditationskurs wollen meistens wissen, ob sie Vegetarier werden sollen oder, wenn sie es schon sind, wie sie andere dazu bekehren können. Margot interessiert sich nicht für diese Gespräche. Eine Tomate ist genauso ein Lebewesen wie eine Kuh, oder etwa nicht?

Sie ist jünger als ich, denke ich, aber ihr Haar ist völlig ergraut. Ich habe ihr einmal dazu gratuliert. Es war in dem Jahr, in dem ich Witwe wurde, hat sie gesagt.

...

Der Geburtstermin steht kurz bevor, und Henry schickt mir jede Stunde, die er wach ist, Textnachrichten. Ich schicke ihm Kleinigkeiten, um ihn abzulenken, zum Beispiel diesen Text darüber, wie die Superreichen in Neuseeland Grundstücke für den Weltuntergang kaufen. Das allgemeine Interesse schlug hohe Wellen nach diesem Bericht, in dem stand, dass die acht reichsten Männer der Welt so viel besitzen wie die halbe Menschheit.

Die Vorteile von Neuseeland sind, dass es ein schönes Land ist, politisch stabil und von angenehmem Klima. Die Nachteile sind, dass die Regierung einem vorschreibt, wie man sein Kind nennen darf. Sexy Früchtchen und Fetter Knabe sind verboten. Gewalt und Bus Linie 16 sind erlaubt.

Ich werde das Baby Fetten Sexy Bus nennen, sagt er mir.

. . .

Das letzte Abendmahl. Es wird ein langweiliges vitaminreiches Essen serviert, entsprechend den zukünftigen Eltern. Ich frage Catherine, ob sie sich fürchtet. »Manchmal«, sagt sie. »Manchmal ein bisschen.« Das Baby soll in zwei Tagen kommen, ein Mädchen, aber den Namen verraten sie nicht. Eine Zeit lang versuchen wir ihn zu erraten.
Anna?
Emma?
Ella?
Lily?
»Warm«, sagt sie.

. . .

Es ist der Abend des Konzerts vor dem Schulanfang. Bevor wir hineingehen dürfen, müssen wir uns ausweisen und die Einlasskarten zeigen, die der Lehrer uns letzte Woche geschickt hat. In der Ecke der Karte ist eine Nummer aufgedruckt, die zeigt, wie viele Familienmitglieder man hat. Wir werden gewarnt, keine zusätzlichen Gäste zu der Veranstaltung mitzubringen, denn SICHERHEIT GEHT VOR!

Eli steht neben Amira vor der ersten Sitzreihe der Tribüne. Er trägt seine Glückshose und sein Glückshemd, aber er wirkt nervös. Das letzte Lied ist sein Lieblingssong, hat er mir gesagt. Ich sehe, dass sein Selbstvertrauen wächst, während sie die unwichtigeren Nummern spielen. Und dann schließen alle Kinder die Augen und beginnen sich hin- und herzuwiegen. Alle Zuschauer beugen sich vor, um besser zu sehen. Die Kinder singen, dass ihr Leben wie ein Wassertropfen, mehr nicht, in einem unendlichen Meer ist. Alles, was sie bauen, wird nicht bestehen; es wird vor ihren Augen zerfallen. Und alles Geld der Welt könnte ihnen keinen Augenblick mehr erkaufen.

Nichts währt ewig, das ist die Erkenntnis. Die Ausnahmen bilden die Erde und der Himmel.

. . .

Das Baby ist da! Es kam gestern Nacht um 3:40 Uhr. Sie heißt Iris, und alle finden, dass es ein schöner Name ist.

Sie haben Gott sei Dank ein Einzelzimmer, aber Catherine ist immer noch völlig aufgelöst. Nichts lief wie geplant. Es gab keine beruhigende Musik, keinen Geburtsball, keine weichen Socken, keine warmen Kompressen. Sie haben einen Einlauf und eine Epiduralanästhesie gemacht und ihr Pitocin gegeben. Das Baby kam so schnell, dass ihre Ärztin nicht rechtzeitig da war. Sie kam eine Stunde zu spät, in Abendkleidung, und entfernte die Plazenta.

All das erfahre ich von Henry im Flüsterton. »So viel Blut! Sie haben es mit Handtüchern aufgewischt! Du glaubst es nicht, Lizzie«, sagt er.

Aber das tue ich. Ich habe in dieser beschissenen Klinik auch ein Baby geboren. Das ewige Ding, Ding, Ding, wenn man die Flure entlanggeht, diese ganzen Maschinen, die ihre Arbeit tun. Selbst das Summen der abscheulichen Beleuchtung ist irgendwo tief in meinem Körper gespeichert. Sobald ich durch die Tür getreten bin, war alles wieder da.

. . .

Am letzten Abend ihres Besuchs kommt meine Mutter zum Abendessen zu uns. Sie hat Henry und Catherine mit dem Baby geholfen. Die viele schwere Arbeit hat ihr Auftrieb gegeben. Sie sagt, sie könne sich nicht erinnern, wann Henry zum letzten Mal so aufmerksam zu ihr gewesen sei. Sie spricht von Gottes Güte. Sie kocht Spaghetti Carbonara für uns.

Später spielt sie endlos Tod und Leben mit Eli und macht sich Sorgen, weil Ben die politischen Nachrichten so intensiv verfolgt. »Du solltest deine Kräfte einteilen«, sagt sie zu ihm. »Wir sind erst zwanzig Minuten später dran.«

Am nächsten Morgen fahre ich sie zum Flughafen. Sie ist traurig, dass sie schon aufbrechen muss. »Glaubst du nicht, ich könnte besser helfen, wenn ich hier leben würde?« Ich weiß nicht, was ich sagen soll. Ja, natürlich, aber sie lebt von einem festen monatlichen Einkommen und hat keine Ersparnisse. Wo könnte sie sich eine Wohnung leisten? Sie lächelt mich vorsichtig an. »Ich brauche nicht viel Platz.« Ich drücke ihr die Hand und schalte dann das Radio ein. Ich suche einen Sender mit Easy Listening. Aber dann merke ich, dass es ein religiöser Sender ist. Man stellt uns eine Frage.

Die ausschlaggebende Frage für unsere Generation – und für jede Generation – ist die: Könntest du den Himmel haben, ohne Krankheiten und mit allen Freunden, die du auf Erden hattest, und allem Essen, das du mochtest, und allen Freizeitaktivitäten, die dir gefallen haben, und allen Naturschönheiten, die du gesehen hast, aller körperlichen Lust, die du empfunden hast, und ohne menschliche Konflikte oder Naturkatastrophen, wärst du dann mit dem Himmel zufrieden, wenn Christus nicht dort wäre?

Tja.

Ich küsse sie zum Abschied, und sie muss mir versprechen, mich später anzurufen. Sie hat darauf bestanden, dass ich nicht beim Kurzzeitparken halte, sondern sie vorher aussteigen lasse, doch im Rückspiegel sehe ich, was ich falsch gemacht habe, als sie sich durch die Drehtür müht. Zehn Minuten später schickt Henry mir eine Textnachricht. *Die Mütter sind fort! Die Mütter sind fort! Wann kommst du?*

. . .

Ich suche einen ganzen Vormittag lang nach meiner alten Milchpumpe für Catherine. Endlich finde ich sie hinten in einem Wandschrank. Merkwürdig, sie zu sehen. Ich erinnere mich an das Wochenende, als ich Eli abgestillt und eine alte Freundin besucht habe, eine der wenigen, die verheiratet sind, aber keine Kinder haben. Sie und ihr Mann wohnen in einem alten viktorianischen Haus, und alles darin ist liebevoll dekoriert und sehr schön. Sie hat mir ein vorzügliches Abendessen zubereitet – Lammrückenkoteletts, Minzsoße und Schokoladensoufflé –, und ich wollte mich wie ein normaler Mensch benehmen, nicht wie jemand, der auf der Flucht vor seinem Kind ist.

Doch mitten in der Nacht schoss mir die Milch ein, und mein T-Shirt wurde so nass, dass ich auf der Toilette saß und es in einem Handtuch ausdrückte und mir Sorgen machte, was ich sagen sollte, wohin das Handtuch legen, würde es säuerlich riechen?

Ich konnte die halbe Nacht nicht schlafen. Mein Körper tat weh; mein Hirn ebenso. Ich überlegte, ob ich das Handtuch unter dem Bett verstecken oder es mit meinen Sachen einpacken sollte, um es zu Hause zu entsorgen. Ich war unschlüssig, welcher Plan besser war, aber als ich morgens meine Freundin sah, sagte ich: Das schöne Handtuch, das du mir gegeben hast, habe ich ruiniert, es tut mir leid, ich kann es bezahlen, und als ich allein nach Hause fuhr, das Radio an, war alles so grün – nicht zu glauben, wie grün es war –, und am Straßenrand gab es Blumen und Gemüse, aber niemand passte auf den Stand auf, es lag nur eine Schachtel da, in die man sein Geld tun konnte, und sie war nicht einmal verschlossen.

Ich hätte sie stehlen sollen.

. . .

Ich kriege eine Reihe aufgeregter Texte von einer frisch geschiedenen Freundin, die jemanden kennengelernt hat. »Ich kann mir nur vorstellen, wie es sein muss, sich in diesem Alter plötzlich zu verlieben«, sage ich zu Ben. »Du bist schon verliebt«, korrigiert er mich.

Später fährt er mit der Hand an meinem Bein entlang und hält dann inne. »Hast du meine lange Unterhose an?« »Mir war kalt«, sage ich. Wir denken uns ein Sprichwort aus (*Sex in der Ehe ist, als würde man seine eigene Hose ausziehen*), albern rum und schlafen glücklich ein.

. . .

Hippie-Test mit Widmung in einem Buch, das Sylvia mir geschenkt hat. Ich hoffe, dass meine Mitarbeit erwähnt ist und ich die Sache nicht komplett in den Sand gesetzt habe.

Wo bist du?

Prüfe das Wasser, das du trinkst, von der Quelle bis zum Wasserhahn. Wie viele Tage bis Vollmond? ... Aus welcher Richtung kommen normalerweise die Winterstürme in deiner Gegend? Benenne fünf Gräser in deiner Umgebung. Benenne fünf Standvögel und fünf Zugvögel ... Waren die Sterne letzte Nacht erloschen?

Deute von da, wo du dies liest, nach Norden.

...

Aus irgendeinem Grund stehe ich vor diesem Spiegel und drücke auf mein Zahnfleisch, um zu sehen, ob es wieder blutet. Nein. Gut. Ich sollte wieder an die Arbeit gehen, aber stattdessen stehe ich da und ziehe Grimassen, bis jemand reinkommt. Es ist das blonde Mädchen mit den abgekauten Fingernägeln. Ich erinnere mich, dass sie oft schwer durcheinander war. Es gab diese Geschichte, wie sie zur Toilette war, als es sie zum ersten Mal erwischt hat. Das Stimmengewirr der Party wurde immer lauter, bis sie überzeugt war, dass in der Zwischenzeit Heuschrecken vor der Tür gelandet waren.

...

Mir kam wieder dieser Gedanke in den Kopf. Der mit den Zahlen. Er hat das Licht gebogen.

Eli sitzt am Küchentisch und probiert einen nach dem anderen seine Filzstifte aus, um zu sehen, welche noch gehen. Ben bringt ihm eine Schale Wasser, damit er sie eintauchen kann. Nach der neuesten Voraussage werden in New York City um 2047 dramatische, lebensverändernde Temperaturen herrschen.

. . .

Mein Freund, der im Hospiz arbeitet, sagt, man dürfe Sterbenden nicht erzählen, sie würden den nächsten Strandausflug, die Äpfel im Herbst und so weiter nicht mehr erleben. Das sollte man ebenso wenig tun wie einem Menschen mit gebrochenem Bein die Krücke wegtreten.

Vorerst keine Äpfel mehr; Äpfel brauchen Frost.

Ich nehme mir vor, die Regale am großen Fenster aufzuräumen. Draußen ist herrliches Wetter. Eine Gruppe Studenten, Arm in Arm, singt etwas im Hof. Ich folge einer Spur von Bonbonpapieren auf dem Fensterbrett mit dem Blick. Der Wipfel jenes Baums brennt. Oder es ist schon wieder Herbst.

. . .

»Hast du dir den Fluss angesehen, Lizzie?«, fragt mich Sylvia, als sie mich am Bahnhof abholt. Ich lüge und sage Ja. Es schmerzt sie, dass alle Leute in letzter Zeit mit gesenktem Kopf herumlaufen.

Die Bäume sind fast entlaubt. Wir fahren an einem Obstgarten mit Apfelbäumen vorbei, dann noch an einem. »Die Leute wollen nur perfekte Äpfel«, sagt sie, »vor allem, wenn sie sie selbst pflücken, sodass alle schadhaften oder angefaulten oder wurmstichigen Äpfel für das Wild auf dem Boden liegen bleiben.« Hier gibt es Unmengen von Wild. Bald wird die Jagdsaison eröffnet. »Wenigstens jagen die meisten Leute hier, um das Wild zu essen, nicht zum Sport«, sagt sie. Ich sehe zu, wie die Hirsche davonspringen, als wir auf den unbefestigten Weg zu ihrem Haus einbiegen. »Warum wird Wild nicht gezüchtet?«, frage ich. Sie schüttelt den Kopf. »Weil sie eingepfercht sofort in Panik geraten«, sagt sie.

Auf dem Rückweg hält der Zug lange außerhalb der Stadt. Ich sehe zu den Bäumen am Fluss. Ein paar Blätter haben sie noch. Ein paar Menschen am Ufer. Aber ist die Welt nicht immer in einem Bastkorb zum Teufel

118

gegangen?, habe ich sie gefragt. Teilweise ja, aber nicht die ganze Welt, antwortete sie.

Als ich aus der U-Bahn komme, regnet es in Strömen. In meinem Kopf ein leises Brummen. »Buhu«, sagt der freundlich aussehende Weiße, der mir auf der Straße begegnet. »Buhu!«

Weine ich?

Ich mache den Umweg über die Bodega. »Wir haben Knoblauch«, ruft Mohan mir zu. Ich bezahle mit Pennies, aber es stört ihn nicht. »Pennies sind auch Geld«, sagt er.

Neben der Registrierkasse steht jetzt eine kleine amerikanische Flagge, direkt neben der Postkarte von Ganesha. Mohan macht sich deshalb keine Sorgen. »Selbst wenn dieser Mann gewinnt, wird das nicht von Dauer sein«, erklärt er mir. »Jetzt hat er Geld, Flugzeuge, schöne Dinge. Er ist ein Vogel. Warum soll man ein Vogel im Käfig sein wollen?«

DREI

Nach den Wahlen bastelt Ben viele kleine Dinge aus Holz. Eines als Behältnis für unsere Utensilien, eines als Unterlage für den Mülleimer, damit er nicht mehr wackelt. Er verbringt Stunden damit. »So, jetzt passt alles«, sagt er.

Eine Schildkröte wurde von einer Bande Schnecken überfallen und ausgeraubt. Die Polizei kam, um den Fall zu untersuchen, aber sie konnte nichts ausrichten. »Es ging alles so schnell«, sagte der Polizist.

Und in den Sendungen stellen Leute immer wieder die gleiche Frage. An die Adresse der Pechvögel, der Ununterscheidbaren, der Alles-Kaputtmacher.

Und jetzt glücklich?

Der Weg wird ... enger. Das hat Ben zu mir gesagt. Er hat sich's im Kopf ausgerechnet.

Aber könnte es immer noch ...?
Es ist nicht ausgeschlossen.

Also blieben wir auf und sahen es uns bis zum Ende an.

In der Schule brüstet sich Elis Freund damit, dass er den Präsidenten mit einem Lichtschwert töten wird. Dann sagt er, nein, ein Wurfstern ist besser. Mein Sohn kommt aufgeregt nach Hause. Sein Freund gehe die Dinge falsch an, denkt er. »Wie wäre es richtig?«, frage ich ihn.

Eine Falle graben und mit Blättern zudecken.

Überall werden Ratschläge erteilt, manche großspurig, manche praktischer Natur. Die praktischen Ratschläge verbreiten sich schnell und haben Folgen.

Frauen im reproduktionsfähigen Alter wird die Anschaffung eines Intrauterinpessars dringend nahegelegt. Es kann sechs bis zwölf Jahre halten und könnte den Niedergang der Kliniken überstehen. Aber auf einmal ist es schwierig, einen Arzttermin zu bekommen; alle Termine sind auf Monate ausgebucht, und die Wartezimmer der Allgemeinambulanzen sind voller nervöser weißer Frauen.

> Frage: Müssen Engel schlafen?
>
> Antwort: Das ist unwahrscheinlich, obwohl wir es nicht genau wissen können.

»Sollten wir uns eine Waffe besorgen?«, fragt Ben. Aber wir sind hier in Amerika. Man kommt nicht mal in die Nachrichten, wenn man weniger als drei Leute erschießt. Ich will sagen, ist das nicht das letzte Recht, das sie einem nehmen? Er sieht mich an. Der Nachname seines Großvaters war zweimal so lang wie seiner. Auf Ellis Island haben sie ihn gekürzt.

Nach dem 11. September war es genauso, dieses aufgeregte Summen in der Luft. Jeder redete überall über dasselbe. In den Geschäften, in den Restaurants, in der U-Bahn. Ein Freund traf sich mit mir auf einen Kaffee im Imbiss. Seine Familie ist eine Woche vor dem Sturz des Schahs aus dem Iran geflohen. Er wollte nicht über das Summen sprechen. Ich habe ihn dazu genötigt. Eure Leute sind zu guter Letzt in der Weltgeschichte angekommen, sagte er. Wir anderen sind schon da.

. . .

Alles ist besser im Ruhewagon. Im Ruhewagon sind alle still. Ben drückt sein Bein an meines. Wir lesen nebeneinander, während Eli Häuser mit vielen Zimmern baut. Jemand, der gegenüber mit seinem Freund auf Spanisch plaudert, wird von dem Schaffner aufgefordert, den Wagen zu verlassen. »Jetzt gleich?«, sagt er. »Aus dem fahrenden Zug?«

. . .

Im Hotelzimmer gibt es viele Fernsehsender, aber alle sind enttäuschend.

. . .

Wir gehen zum Smithsonian Museum. Die beiden wollen den Weltraumkram besichtigen. Ich will die Hominiden sehen. Nachmittags besuchen wir die Denkmäler, reden feierlich über die Demokratie. Es war Bens Idee, nach D. C. zu fahren. Es ist dort gruseliger, als ich dachte. Bald, bald, bald, lautet die Schleife in meinem Kopf. Ben hat die Absicht, in den nächsten Monaten mit Eli historische Dinge aufzusuchen. Ich will ein Fundament schaffen, hat er zu mir gesagt, aber wofür genau, sagt er nicht.

Unser letzter Besuch gilt dem Spionagemuseum. Ben brummelt, weil ich offenbar das einzige Museum der Stadt ausgesucht habe, in dem man Eintritt zahlen muss. Er sagt, er werde im Foyer auf uns warten. Ich bin trotzdem froh, weil uns der Besuch im Holocaust-Museum erspart geblieben ist.

Eli findet es hier herrlich aufregend. Wir erhalten eine Einführung, die wir uns schnell merken müssen, und dann müssen wir eine Reihe Fragen beantworten. Es gibt einen verborgenen Tunnel, durch den die Kinder kriechen können. Ich hinke hierhin und dorthin und betrachte die Exponate. Es gibt Pistolenlippenstifte und Pistolenkameras.

Aber das Beste ist eine Brille, die ganz gewöhnlich aussieht. Mit Blausäure getränkt. Die man aufsetzen soll, wenn man dem Feind in die Hände fällt, damit man niemanden verraten kann.

...

Es wird allmählich zu viel, hat Sylvia gesagt. Leute, die diese Arbeit machen, brechen zusammen, werden krank und sterben. Ich weiß noch, was sie sagte, als ich sie einen Tag später anrief. *In Rauch aufgegangen! In Rauch aufgegangen!*

Sie hat all das vorausgesagt, bevor es eingetreten ist. In chaotischen Zeiten sehnen die Leute sich nach dem starken Mann, hat sie gesagt. Aber ich habe ihr nicht geglaubt. Fast niemand hat ihr geglaubt.

Doch nun ist eine Frau in der Toilette, und der ganze Boden ist mit Scheiße verschmiert. Ich schiebe ihr unter der Kabinentür Papiertücher zu. Teure Stiefel, fällt mir auf. Wir sagen nichts, und später achte ich darauf, den Blick nicht auf die Schuhe der anderen zu richten.

Am Ausgabeschalter werden Lorraine wieder die Röntgenaufnahmen gezeigt. Sie nickt geduldig. Jemand hat mir erzählt, dass sie früher in einem Club gesungen hat. Sie hat erwachsene Kinder und einen Ehemann, der langsam an einer schrecklichen Krankheit stirbt. Ich mische mich nicht in anderer Leute Angelegenheiten ein, hat sie einmal zu mir gesagt. Der einzige Rat, den sie mir je gegeben hat, war: *Kümmere dich um deine Zähne*.

Aber später sehe ich, wie sie im Pausenraum unsere Mitarbeiterin anschreit. »Du bist ein Kind! Du hast dich verhalten wie ein Kind!«, sagt sie zu ihr, die sich entschieden hat, nicht zu wählen.

Bens Schwester hat ihm erzählt, dass an der Tür des schicken Lebensmittelladens in ihrem Ort jetzt ein Schild hängt. KEINE POLITIK BITTE steht darauf.

Frage: Wie kann ich wissen, ob die Leute um mich herum gute Deutsche werden?

Antwort: Es gibt einen Historiker namens Timothy Snyder, der sorgfältig studiert hat, wie frühere Gesellschaften sich dem Faschismus ergeben haben. In seinem Buch *Über Tyrannei* macht er die folgenden Vorschläge:

Suchen Sie Augenkontakt, und machen Sie Small Talk. Das ist keine bloße Höflichkeit. Es ist eine Möglichkeit, mit Ihrer Umgebung in Verbindung zu bleiben, unnötige gesellschaftliche Barrieren zu überwinden und zu erkennen, wem Sie vertrauen können und wem nicht. Wenn wir in eine Kultur der Denunziation eintreten, werden Sie die Psychologie Ihres Alltags kennen wollen.

Die Geschichte meiner Buchbestellungen wird mir definitiv einen Vermerk von einem böswilligen Regierungsalgorithmus einbringen. Stapelweise Bücher über Vichy-Frankreich und die französische Résistance und mehr Bücher über Spionage und Faschismus, als jeder normale Bürger brauchen kann. Zum Glück gibt es einen Roman von Jean Rhys und ein Buch für Eli mit dem Titel *Wie man Roboter baut*. Das wird sie ablenken.

Nach jeder Katastrophe gibt es eine Zeit, in der die Leute umherirren und versuchen herauszufinden, ob es sich wirklich um eine Katastrophe handelt. Katastrophenpsychologen verwenden den Begriff »sich im Kreis bewegen«, um das Standardverhalten der meisten Leute zu beschreiben, wenn sie sich in einer erschreckenden neuen Situation befinden.

»Das ist die Bezeichnung für das, was wir tun«, sagt Sylvia.

. . .

»Erledige jetzt alles«, verlangt Ben. Er macht sich Sorgen, dass einer von uns oder wir beide den Job verlieren könnten. Aber ich will nicht zum Zahnarzt gehen. Hätte der nicht nur schlechte Neuigkeiten für mich? »Lizzie, bitte«, sagt Ben. »Diese provisorische Krone hast du seit Jahren.«

. . .

Eine Frau geht zu einem Zahnarzt und sagt: »Ich glaube,
ich bin ein Nachtfalter.«
Der Zahnarzt sagt zu ihr: »Dann sollten Sie nicht hier sein.
Sie sollten einen Psychiater aufsuchen ...«
Die Frau antwortet: »Ich gehe schon zu einem Psychiater.«
Der Zahnarzt sagt: »Und warum sind Sie dann hier?«
Und sie sagt: »Sie hatten Licht an.«

. . .

Henry ruft mich dauernd an und braucht Ratschläge,
und er versucht mich zu überreden, ihn zu besuchen.
Und wenn ich dann da bin, reicht er mir das Baby,
legt sich auf das Sofa und starrt die Zimmerdecke an.
Er kümmert sich den ganzen Tag um nichts und fängt
dann wie verrückt an aufzuräumen, bevor Catherine
um sieben Uhr nach Hause kommt. Ich bin in letzter Zeit sehr vorsichtig mit ihm umgegangen, aber es
scheint ihm schlechter zu gehen. Nicht besser. Zum
Glück ist Iris ein unkompliziertes Baby. Während
Henry jeden Augenblick in Tränen auszubrechen
droht.

Ben geht's kein bisschen besser. Er stellt den Ton aus,
damit er die eigene Stimme nicht hört, aber manchmal
lausche ich. Jetzt redet er über etwas im Weltraum.
Den Mond vielleicht. Wie wir wieder dorthin gelangen

könnten. Letzte Nacht bin ich mitten in der Nacht auf-
gewacht. Der Hund hat gebellt, aber vielleicht habe ich
es nur geträumt. Heute hat die NASA sieben neue Planeten von der Größe der Erde entdeckt. So viel dazu.

. . .

Der Himmel ist grau, ein weiches fedriges Grau,
hier und dort von Wolken durchzogen. Jawohl, Sir,
das würde ich gerne. Ich würde gerne die GUTEN
NEUIGKEITEN hören. Ich werde sofort diese Flug-
schrift lesen!

. . .

Ben beschäftigt sich mit dieser Israel-Sache. Mich be-
schäftigt der Gedanke an den wahren Norden.
»Das Problem ist die Matrilinearität«, sagt er. »Ich
meine, dass ihr Frauen konvertieren müsstet.«
»Ich will nicht in Israel leben. Das wäre noch schlim-
mer.«
»Ich weiß«, sagt er. »Du hast recht.«
Ich denke über diese Leute nach, die brüllen: Blut und
Boden! Blut und Boden!
»Aber lass uns das im Hinterkopf behalten«, sage ich.

Wenn ich jetzt meine Nachbarn sehe, wird die Stimme in meinem Kopf ganz jesusmäßig. Einer von euch wird mich verraten. Aber wer? Sind Sie es, Mrs Kovinski?

. . .

Kümmere dich um deine Zähne, kümmere dich um deine Zähne, kümmere dich um deine Zähne, sagt mein Affenverstand. In der Meditationsgruppe wird es wieder spärlicher. Heute Vormittag sprach Margot über den Unterschied zwischen Fallen und Schweben. Mit ein wenig Übung, sagt sie, kann man lernen, Bodenlosigkeit zu empfinden, ohne dabei Existenzängste zu entwickeln. Das ist ähnlich, wie wenn ein erfahrener Fallschirmspringer oder Astronaut den weiten Blick von oben genießt, selbst wenn er durch die Himmel stürzt.

Sie hat uns eine Formel mitgegeben: Leid = Schmerz + Widerstand.

. . .

Heute legt Mr Jimmy mit der Konversation los, sobald ich eingestiegen bin. Ich höre kaum hin, nur ab und zu nicke ich, so müde bin ich. Jetzt geht es wieder um die Hintergrund-Checks der Fahrer. »Ich überprüfe alle meine Fahrer. Ich meine, als ich noch andere Fahrer hatte, hab ich das gemacht. Man muss vorsichtig sein.« Ich nicke, sicher, sicher. »Sonst könnte man an einen Mohammed geraten, der einen Wagen gestellt bekommt und ihn mit Sprengstoff vollstopft ...«

Er hält vor meinem Haus. Ich krame in meiner Handtasche, während er mich anlächelt und sagt, ich solle mir ruhig Zeit lassen. In dem Auto riecht es nach Duftbäumen. »Ich habe heute nicht genug Geld dabei«, sage ich. »Kein Problem«, sagt er und wedelt großmütig mit der Hand.

Und schon bin ich frei.

. . .

Früher war es einfach, in der Bibliothek Flugblätter aufzuhängen, aber inzwischen kommen sie alle in einen Glaskasten. Es gibt einen Schlüssel dafür, und man muss am Schalter darum bitten. Meine Chefin hat das so eingerichtet, nachdem jemand anfing, Hassbotschaften aufzuhängen.

Es gibt eine Theorie darüber, was den neuen Hass entfesselt hat. Und eine andere, dass die Menge an Hass sich überhaupt nicht geändert hat. Lorraine hängt letzterer an. Der einzige Unterschied sei, dass mehr Leute darüber nachdenken, sagt sie.

Jemand bringt ein Buch zurück mit dem Titel *Die Weisheiten der Wüstenväter*. Während ich meinen Lunch esse, blättere ich darin.

Eine Zeit wird kommen, wenn Menschen verrückt werden, und wenn sie jemanden sehen, der nicht verrückt ist, werden sie ihn angreifen und sagen: »Du bist nicht wie wir, du musst verrückt sein.«

. . .

Ständig sterilisiert Henry die Fläschchen, um sie dann noch einmal zu sterilisieren. Ich will ihm erklären, dass das nicht nötig ist, aber ich nehme an, dass er strikte Anordnungen befolgt. Ich halte Iris und spiele eine Zeit lang mit ihr, und dann lege ich sie, zack, mitten auf das große Ehebett und gehe in die Küche, um zu sehen, was ihn dort aufhält. Er sterilisiert die Metallzange, mit der er die Plastikflaschen in das heiße Wasser gestellt hat. In der Wohnung ist es kühl, aber ihm steht der Schweiß auf der Stirn.

. . .

»Warum legst du dich nicht hin?«, sage ich. »Ich passe auf sie auf.« »Wo ist sie?« Ich sage ihm, dass ich sie mitten auf das Bett gelegt habe. Er lässt die Zange fallen, um zu ihr zu gehen. Sie schläft tief und fest. »Sie hätte runterfallen können«, sagt er. »Henry, sie kann sich noch nicht einmal umdrehen.« Seine Hände zittern. »Sie hätte sich verletzen können«, widerspricht er.

Ich bringe ihn dazu, dass er sich auf das Sofa legt, und decke ihn zu. Dreißig Sekunden Widerspruch, und er ist weg. Dieser Schlafmangel tut ihm nicht gut. Es hat seinen Grund, warum das ein Folterinstrument ist. Und dennoch versuchen alle, die ich kenne, weniger zu schlafen. Schlaflosigkeit als Ehrenmedaille. Als Beweis, dass man aufmerksam ist.

. . .

Gestern gab es in Elis Schule Bombenalarm. Und es wird gemunkelt, an der Coney Island Avenue wäre einer Frau ihr Hidschab vom Kopf gerissen worden. Alle EAGLE-Mütter versammeln sich, um die Situation zu besprechen, bevor sie die Kinder abholen. »Erst einmal müssten sie aufhören, die Gegend Klein-Pakistan zu nennen«, sagt eine von ihnen.

Als ich zu arbeiten anfange, lese ich zuerst Artikel über Katastrophenpsychologie in der Hoffnung, all den Leuten, die hier spätabends herumlaufen, besser helfen zu können.

Ein großer Teil der Bevölkerung war wie betäubt, deprimiert, kam in kleinen losen Gruppen zusammen und glaubte jedes Weltuntergangsgerücht.

Aber ich weiß nicht. So ist es hier jeden Tag.

. . .

Margots Kurs ist in letzter Zeit so überfüllt, dass ich ihn habe ausfallen lassen. »Bist du sicher, dass das die richtige Veranstaltung für dich ist?«, fragt Ben. Offenbar kann er Gedanken lesen.

Empfindsame Geschöpfe sind zahllos. Ich gelobe, sie zu retten.

Jetzt krame ich in einer Schublade auf der Suche nach einer Unterhose, die passt. Diese neuen Wäschetrockner sind zu heiß. Die meiste Kleidung schrumpft ein, bevor man es merkt. Ben trägt noch immer die Hemden, deren Ärmel zu kurz sind und bei denen die Knöpfe spannen. Er hat noch dieses vererbte Schuldgefühl. Vielleicht liegt es an mir, sagt er. Vielleicht bin ich zu dick geworden.

. . .

Als ich ankomme, steht Henry im Mantel an der Tür, mit dem Schlüssel in der Hand. »Das Baby schläft«, sagt er. »Ich gehe kurz einkaufen.« Ich gehe hinein, um nach ihr zu sehen. Ja, sie schläft, wie es sein soll. Ich schalte den Computer ein. Youtube-Videos zum Thema, wie man sein Haus kindersicher macht. Und dabei kann sie noch nicht einmal krabbeln, Herrgott!

Ich kann es selbst nicht fassen, dass ich vor der Arbeit hier bin. Du musst dich durchsetzen, sagen alle zu mir. Wir sind in der Küche. Der schlaue Teufel Catherine ist schon um sechs Uhr in die Arbeit gegangen, um sich vor den anderen auf die Sitzung vorzubereiten.

»Denkst du manchmal, dass es abartig ist, dass wir überhaupt Familien gründen?«, fragt Henry.

Ich nehme Iris in ihrem Kindersportwagen mit nach draußen. Es ist ein nebliger grauer Morgen. Ich ziehe die Plastikhaube runter. Buddha hat einmal beschrieben, wie sein Vater ihn vor den Elementen beschützt hat.

Ein weißer Sonnenschutz wurde Tag und Nacht über mich gehalten, sodass weder Kälte noch Hitze, noch Staub oder Kies oder Tau mir schaden konnten.

(Und wir gehen voran, behelligt vom Tau!)

. . .

Als ich nach Hause komme, ist eine Postkarte von Sylvia da. Auf der Vorderseite ein spindeldürres Bäumchen, mit einem Drahtzaun drum herum. »Wunderbaum« lautet die Bildunterschrift. Sylvia ist auf einer Konferenz über Fukushima. Ich sagte, ich könne nicht mitfahren, ich müsse auf das Baby aufpassen.

Ich möchte Sie warnen, Japan als nächstes Reiseziel zu wählen, es sei denn, Sie finden Gefallen an strengen Verhaltensregeln, gewaltigen industriellen Wolkenkratzern und daran, zehn Dollar für gruseliges Gebäck und Kaffee in der Thermoskanne zu bezahlen. Wenn so etwas Ihnen zusagt, dann machen Sie sich sofort auf den Weg, mein Freund, denn hier können Sie nicht einmal laut lachen, ohne sofort angestarrt zu werden, und Tokio ist die Hölle auf Erden.

Auf dem Rückweg bin ich mit ihr zum Abendessen in der Stadt verabredet. Ich erzähle ihr, dass wir darüber nachgedacht haben, in einer kälteren Gegend ein Stück Land zu kaufen. Wenn der Klimawechsel wie vorausgesagt in New York stattfindet, könnten Eli und Iris —

»Glaubst du wirklich, du könntest sie beschützen? Im Jahr 2047?«, fragt Sylvia. Ich sehe sie an. Denn bis zu diesem Augenblick habe ich das tatsächlich, tatsächlich geglaubt. Sie bestellt einen neuen Drink. »Dann musst du reich werden, sehr, sehr reich«, sagt sie mit gepresster Stimme.

. . .

Henry will etwas gestehen. Wir laufen in einem großen Kreis durch die Gegend, bevor er es über sich bringt. Er sagt, er hätte schlechte Gedanken über das Baby, er stelle sich schreckliche Dinge vor. Ich sage ihm, dass ich immer Angst gehabt hätte, Eli könnte an einer Weintraube ersticken. »Nein, nicht so etwas, Lizzie«, sagt er. »Es ist nicht wegen ihr. Es ist wegen mir.«

Später denke ich über die Leute nach, von denen man in der Zeitung liest, diejenigen, die von Tierschutzorganisationen entdeckt werden. Sie wohnen in einem Ein-Zimmer-Apartment, gehen jeden Tag zur Arbeit — den Nachbarn fällt nichts auf —, aber wenn die Tür aufgebrochen wird, findet man in der Wohnung einen Alligator oder eine Boa constrictor. Etwas, das sie umbringen könnte.

VIER

Es ist Nachmittag, aber der Himmel ist schon dunkel vor Regenwolken. Wir warten auf dem Bahnsteig auf den Expresszug. Der alte Mann neben uns hustet laut. Henry erstarrt. Zu einem Mann mit einem Hammer ...

. . .

Ist es die Zahl oder die Häufigkeit dieser Gedanken, die besorgt macht?
Verursachen diese Gedanken erkennbare Sorge?
Stören diese Gedanken nachhaltig Ihre Alltagsabläufe?

. . .

»Das darfst du niemandem erzählen«, sagt er. »Lizzie, das musst du mir versprechen.« Ich fühle mich, als würde er mich mit einem Seil fesseln. »Ich kann Geheimnisse nicht gut für mich behalten, das weißt du.« Er schüttelt den Kopf. »Nicht, wenn es wirklich darauf ankommt.«

Er badet sie nicht einmal mehr. Inzwischen wäscht er sie mit einer Wasserpistole.

Lizzie, was ist los? Lizzie, was ist los? Zehnmal wiederholt.

Und ja, ich erzähle es Ben.

. . .

Im Judentum gibt es die Tradition, dass Glück und Kummer gemischt sein müssen. An Pessach gilt die Regel, ein paar Tropfen Wein zu verschütten, bevor man ihn trinkt, damit der Genuss geschmälert ist. Jeder verschüttete Tropfen steht für eine Tragödie, die denen widerfuhr, die vor einem gegangen sind.

Bei Hochzeiten ist es ähnlich. Die Brautleute zerbrechen ein Glas, indem sie gemeinsam darauftreten. Um sich mitten in ihrem gegenwärtigen Glück an vergangenen Kummer zu erinnern.

Manchmal denke ich, meine Familie hätte Ben einen Haufen zerbrochener Gläser beschert. Er war sehr still, seit ich ihm alles erzählt habe. Nein, nicht alles. Eins habe ich ihm verschwiegen. Ich glaube nämlich, dass Henry nicht mehr zu den Sitzungen geht. Er behauptet, er tue es, aber neulich habe ich draußen gewartet und ihn nicht gesehen.

»So kann das nicht weitergehen«, sagt Ben. »Gib mir ein bisschen Zeit, ihn zu stabilisieren«, sage ich. Er nickt, wendet den Blick ab.

Die Glasscherben von der Hochzeit soll man aufbewahren. Stirbt der Ehemann zuerst, bereitet die Ehefrau den Leichnam vor, indem sie seine Augenlider mit den Scherben bedeckt. Stirbt sie zuerst, ist es seine Aufgabe, das Gleiche zu tun. Ich wünschte, ich hätte das gewusst. Ich wünschte, ich hätte die Scherben aufbewahrt.

. . .

Sylvia ist letzte Woche aus der Stiftung ausgetreten; es gebe keine Hoffnung mehr, man könne nur noch zusehen, glaubt sie. Sie erzählt mir, dass sie sich vorkommt, als säße sie in einem Auto und versuche zu beschleunigen. Manche ihrer Mitarbeiter versuchen reinzuspringen. Andere werfen sich vor den Kühler, um sie am Wegfahren zu hindern.

Sie hat angefangen, mir Witze zu schicken.

Die Regierungschefs von Russland, Syrien und Amerika können sich nicht einigen, wer am besten darin ist, Kriminelle zu fangen. Der Generalsekretär der Vereinten Natio-

nen beschließt, sie einem Test zu unterziehen. Er setzt ein Kaninchen im Wald aus, das sie fangen müssen.

Das Team der Amerikaner geht zuerst in den Wald. Sie positionieren überall tierische Informanten. Sie befragen alle pflanzlichen und mineralischen Zeugen. Nach drei Monaten gründlicher Untersuchungen kommen sie zu dem Schluss, dass es keine Kaninchen gibt.

Dann gehen die Syrer in den Wald. Nach zwei ergebnislosen Wochen brennen sie den Wald nieder und ermorden alles darin einschließlich des Kaninchens. Das Kaninchen sei ein gefährlicher Rebell gewesen, melden sie.

Als letztes Team gehen die Russen in den Wald. Zwei Stunden später kommen sie mit einem übel zugerichteten Bären zurück. Der Bär schreit: »Okay! Okay! Ich bin ein Kaninchen! Ich bin ein Kaninchen!«

...

Eli fragt, ob er etwas über Roboter nachsehen kann. Ich gebe ihm meinen Computer und gehe in die Küche, um ihm Makkaroni mit Käse zu machen. Als ich zurückkomme, sieht er sich ein Video aus dem britischen Frühstücksfernsehen an. Es geht um einen Roboter namens Samantha. Sie soll aussehen wie eine Frau und hat zwei Settings, wie ihr Erfinder erklärt. Im Sexmodus kann sie stöhnen, wenn man ihre Brüste berührt. Im Familienmodus kann sie Witze erzählen oder über Philosophie sprechen.

. . .

Heute Abend braucht es vier Geschichten, bis ich ihn ins Bett bekomme. Die eine, die ihn schließlich dazu bringt, ist eine Geschichte über einen Hund, der auf dem Weg ist zu einer Hundeparty in einem Baumwipfel. Unterwegs begegnen ihm andere Hunde, die auch zu dem Fest gehen. Sie bleiben stehen, um sich zu unterhalten.
Gefällt dir mein Hut?
Ganz und gar nicht.
Adieu!
Adieu!

Das ist meine Traumvorstellung davon, wie Nachbarn miteinander sprechen sollten.

Stattdessen ist es Mrs Kovinski, die um sieben Uhr morgens an die Tür klopft. »Ich sehe, Sie haben Ihre vergiftete Zeitung bekommen«, sagt sie. Sie hat mir die *Sunday Times* von unten mitgebracht.

...

Ben liegt den ganzen Tag auf dem Sofa und liest eine umfangreiche Kriegsstudie. Doch da er sie aus einem Antiquariat hat, reicht sie nur bis zum Ersten Weltkrieg.

Im Sommer 1914 war die Luft wie elektrisiert. Die Welt stand kurz vor dem Abstieg in den Wahnsinn des ersten vollmechanisierten Krieges. Der britische Politiker Sir Edward Grey prophezeite mit den berühmten Worten: »In ganz Europa erlöschen die Lampen; wir werden sie zu unseren Lebzeiten nicht wieder leuchten sehen.«

Zur Schlafenszeit fangen Eli und ich mit den *Chroniken von Narnia* an. Zu Beginn werden die Kinder aus einem Bahnhof vertrieben und landen auf einer unbewohnten Insel. Sie irren umher, bis sie auf ein Stück Steinmauer stoßen. Eli begreift schneller als ich, dass es sich um die Ruine des Schlosses von Narnia handelt. Dann fängt er an, mir Fragen zu stellen. Wird er noch am Leben sein, wenn ich sterbe? Und wenn nicht, was wird er machen?

Ich reagiere mit dem üblichen Ausweichmanöver. Dass es lange, lange dauern wird, bevor es so weit ist. Dass wir alle lange, lange leben werden.

Aber das will er gar nicht wissen.

. . .

In letzter Zeit hat Ben vorsichtig andere Wohngegenden ins Gespräch gebracht. Aber wenn wir uns die Mietpreise dort ansehen, sind sie immer absurd hoch. Ich befürchte schon, er könnte New Jersey ins Spiel bringen, aber das tut er nicht.

Dagegen hat er eine Idee für den Sommer. Er will Eli in ein Zeltlager an einer historischen Stätte schicken, wo die Kinder Butter machen und Ziegen hüten lernen. Eli will nicht hingehen. »Doch, genau das willst du«, erkläre ich ihm.

. . .

Ich frage mich, wie wir all diese Ängste in Handeln ummünzen könnten. Eines Abends gehen Ben und ich auf eine Versammlung zum Thema Gerechtigkeit weiter unten an der Straße in der unitarischen Kirche. Gute Menschen ringsum, die Pläne schmieden, einander helfen – warum ist mir das so peinlich?

Die meisten sind älter als wir; sie sprechen davon, wie andere ihnen geholfen haben; sie bedanken sich für jene, die ihnen die Hand gereicht haben, und ermahnen uns, an die weniger vom Glück Begünstigten zu denken.

Kirche eben. Jetzt fällt es mir wieder ein.

»Ich dachte, du wolltest ein Gemeinschaftserlebnis haben«, sagt Ben hinterher. Aber nicht so viel Gemeinschaft. Nicht so. All dieser Blickkontakt. »Nicht meine Herde«, sage ich zu ihm.

Frage: Wie kann eine Unitarierin auf dem Wasser wandeln?

Antwort: Sie wartet bis zum Winter.

Ich verpasse den Expressbus und muss mit dem regulären nach Hause fahren. Erst neulich hörte ich, wie eine Frau einer anderen sagte, Langsamkeit sei eine Form der Güte. Dieser Bus hier ist voller alter russischer Menschen mit Einkaufstaschen zwischen den Füßen. Ich sitze gegenüber einem heißen Typen in einem grünen Mantel, der aussieht, als versuche er mich einzuordnen. Als ich jünger war, wusste ich manchmal, warum ein Mann mich anstarrte, aber heutzutage ist es oft nur eine Gedächtnislücke.

Er hat einen Tabaksbeutel in der Tasche und einen abgenutzten Rucksack dabei, der aussieht, als wäre er im Krieg gewesen. Ein Buch schaut heraus, aber nicht weit genug, dass man den Titel entziffern könnte. Ben hat mir einmal erzählt, dass die Griechen den Begriff *epoché* verwendeten, der bedeutet, »ich urteile noch nicht«. Nützlich für diejenigen von uns, die dazu neigen, sich mit Fremden im Bus zu verbünden. Spontanbündnisse nennt mein Bruder das. Ich muss aufpassen. Mein Herz ist verschwenderisch.

Es regnet. Im Bus ist es voll. Es hat den Punkt erreicht, an dem man eine Art Schuldgefühl entwickelt, einen Sitzplatz zu haben. Ich würde unwillig für Gebrechliche und Schwangere und jemanden mit Kindern aufstehen. Aber glücklicherweise sind es lauter Teenager mit Kopfhörern. Ich habe mein Smartphone vergessen, sondern hätte ich auch all diese Menschen ausgeblendet.

Der Typ in dem grünen Mantel wirft mir immer wieder Blicke zu. »Aus der Bibliothek«, meine ich zu ihm, und er nickt langsam und, wie es scheint, respektvoll. »Ja, ja, das ist es«, sagt er. Er hat einen leichten Akzent, und ich frage mich, ob er aus einem fernen Land kommt, in dem Bibliothekare in hohem Ansehen stehen.

153

Wir steigen an der Coney Island Avenue aus. Als er aufsteht, sehe ich, dass es ein Pilzkundebuch ist.

Jetzt gießt es in Strömen. Die Tauben sind alle weggeflogen. Der Drogendealer aus 5 C hält mir die Tür auf. Wir schütteln den Regen von unseren Schirmen.

. . .

Sylvia hat einen neuen Fluchtplan. Sie will am dunkelsten Ort Amerikas einen Wohnwagen kaufen. Dort hat sie vor Jahren mit einem Ex gelebt, der Hobbyastronom war. Irgendwo in Nevada, viele Stunden von der nächsten Stadt entfernt. An klaren Nächten könne man mit bloßem Auge die Windradgalaxie sehen, sagt sie. Später schaue ich es nach und erfahre, dass sie fünfundzwanzig Millionen Lichtjahre entfernt ist.

Keine Kampagnen mehr, kein Spendensammeln mehr, keine obligatorischen Hoffnungsbekundungen mehr. Dinge, an denen sie jahrelang gearbeitet hat, haben sich im Handumdrehen verabschiedet. Alles, was sie sich jetzt wünscht, ist irgendwo hingehen, wo es still und dunkel ist, sagt sie.

Der Rückzug in die Wüste heißt auf Griechisch *anachoresis*.

...

Der Meditationskurs wird immer kleiner. Ich stelle fest, dass viele Leute nicht mehr kommen wegen etwas, das Margot gesagt hat. Jemand hat sie gefragt, was sie von den Unterstellungen neulich in der Presse hält. Sie hat gesagt, die unehrenhaften Handlungen dieser Männer machten sie sehr traurig. Aber sie verweigere sich der Sprache von Opfern und Tätern. Als sie gefragt wurde, was sie von Strafen halte, sprach sie stattdessen von der Reinkarnation. Jeder Anwesende habe jedem anderen hier alles angetan, sagte sie.

Was erklärt, warum heute außer mir nur drei aufrechte Typen zuhören. Sie spricht davon, dass *dukkha,* was für gewöhnlich mit »Leiden« übersetzt wird, auch andere Bedeutungen haben kann. Im tibetischen Buddhismus gebe es eine Nebenbedeutung, sagt sie. Statt das Leben als Leiden zu sehen, könnte man darunter verstehen, dass das Leben erträglich sei. Halbwegs, könnte man sagen.

...

Nirgends fühlt man sich mehr zu Hause. Das sagt mein Bruder, als wir im Park herumwandern, das schlafende Baby vor seinen Bauch geschnallt.

»Du musst einen richtigen Seelenklempner aufsuchen«, sagte ich zu ihm. »Ich glaube nicht, dass ich einer bin.«

Seit zehn Tagen schläft er jetzt auf unserem Sofa. Iris sieht er, wenn ich es arrangiere. Das liegt daran, dass er high war und Catherine mit einer alten Freundin betrogen hat. Dann ist er nach Hause gegangen und hat es gestanden. Ein paar Wochen lang ging es hin und her, aber dann hat sie ihn vor die Tür gesetzt.

Zwei Wochen und drei Sofas später ist Henry wieder bei uns. Und jetzt erinnere ich mich. Mein Bruder ist ein grauenhafter Mitbewohner.

Er tigert unablässig durch unsere Wohnung. Es erinnert mich an die elenden Wochen nach seinem kalten Entzug. Etwas war mit seinen Beinen. Er musste sie pausenlos bewegen. Die ganze Nacht warf er sich im Bett herum. Keine Position war erträglich. Mein Gehirn fühlt sich wund an, sagte er.

. . .

Ben ist geduldig, aber es ist schwierig, wenn mein Bruder immer da ist. Es wäre einfacher, wenn einer von ihnen ins Büro ginge. Henry schreibt immer noch die Grußkarten, aber ich fürchte, Catherine wird von denen auch die Nase voll haben. Ich bleibe lange auf und versuche, ihm beim Brainstormen zu helfen. Wir kommen auf ein paar Ideen, aber ich behalte die ersten, die mir in den Kopf kommen, für mich.

Für einen Bruder, der eine Last ist ...
Für eine Schwester, die es nie zu etwas gebracht hat ...

. . .

Henry trinkt die ganze Milch. Henry ist wütend auf Eli, weil er so früh in das Wohnzimmer kommt. Henry kommt nachts spät nach Hause, hat seinen Schlüssel vergessen und muss reingelassen werden. Henry sagt, er hätte nie ein Kind kriegen dürfen, es wäre sein schlimmster Fehler gewesen. Später meint Eli: »Aber du wolltest mich, oder?«

Es ist Sommer, und keiner von uns kann irgendwohin fahren.

»Warum hast du dir so lange die Hände gewaschen?«
»Sie waren sehr schmutzig.«

. . .

157

Catherine hat Henry bereits die Scheidungsunterlagen geschickt. Sie handelt wie immer schnell. Henry wirkt traurig, aber vor allem erleichtert. Ich habe ihm gesagt, dass er etwas unternehmen muss, um auf die Beine zu kommen, denn sonst könnte man ihm das Sorgerecht aberkennen. Margot hat sich bereit erklärt, sich mit ihm zu treffen. Und mit mir, obwohl das unüblich ist.

Es braucht einige Überredung, aber schließlich kann ich Henry dazu bewegen, sich auf das Treffen einzulassen. Danach gehen wir wieder zu mir nach Hause. Eli sitzt allein am Fenster. »Wenn ich einen Baum oder einen Vogel ansehe, kann ich die Luft darum herum sehen«, verkündet er. »Er erinnert mich an mich selbst«, meint Henry. »Sag so was nicht«, sage ich zu ihm, schärfer als beabsichtigt.

. . .

Ich wollte Sylvia zurückrufen; das wollte ich wirklich. Aber dann bekam Eli Grippe, und ich verbrachte die Nacht mit einem Eimer neben seinem Bett. Evakuieren, evakuieren, sagte unser neuer sprechender Wecker um vier Uhr morgens. Ben und ich haben darüber gestritten, wer auf die Idee kam, ihn zu kaufen.

Was ich sagen wollte, ist, dass es eine Woche gedauert hat, bis ich Sylvia anrief. Als ich es schließlich tat, bekam ich nur eine Ansage.

Die Telefonnummer, die Sie gewählt haben, ist nicht vergeben.

. . .

In den Katastrophenfilmen bricht ein Protagonist in Tränen aus, wenn er etwas aus früheren Zeiten sieht, ein Telefonladegerät zum Beispiel oder die Freiheitsstatue.

. . .

»Du musst mir helfen, Lizzie«, sagt mein Bruder. »Ich helfe dir«, sage ich. »Ich helfe dir.« Ich setze ihn auf das Sofa, mache *My Strange Addiction* an.

Immer eine tröstliche Stunde Fernsehen. Wenigstens esse ich kein Talkumpuder, man kann sich selbst trösten. Und wenigstens bin ich nicht in die Verrazano-Brücke verliebt.

. . .

Margot erklärt Henry, dass man die schlimmsten Gedanken laut aussprechen muss. Wenn man sie zurückhält, werden sie nur umso machtvoller. Er erinnert mich an etwas, was meine Mutter zu sagen pflegte – *unterdrückte Götter werden zu Teufeln.*

Margot gibt uns am Ende der zweiten Sitzung ein Übungsheft mit. Hinten in dem Heft stehen schreckliche Übungen, von denen Henry keine machen wird.

Aber ich habe heute Abend kurz vor Ende meiner Schicht etwas Dummes getan. Ich habe einen Artikel über jemanden gelesen, der eine Gesichtstransplantation bekommen hat, und jetzt weiß ich genau, was passiert, wenn man sich als lebensüberdrüssiger Achtzehnjähriger in den Kopf schießt.

Die Zeitschrift warnte, dass verstörende Bilder kommen würden, aber nicht, wie lange sie einen verstören würden oder dass ich mich daran erinnern würde, wie Henry einmal zu mir meinte, eine Schusswaffe sei am besten, weil man bei Pillen genau die richtige Menge berechnen müsse. Und vor den Wörtern in dem Artikel wurde überhaupt nicht gewarnt, obwohl die Bildunterschrift lautete:

Das Gesicht wartet gelassen auf dem Tisch auf die Chirurgen.

. . .

Mein Bruder scheint überhaupt nicht mehr zu schlafen. »Du solltest zum Militär gehen«, sage ich zu ihm. Sie haben dort das Gehirn von Dachsammern untersucht, um herauszufinden, warum diese Vögel sieben Tage lang fliegen können, ohne zu schlafen. Die Idee dabei ist, es möglich zu machen, dass Soldaten genauso lange wach bleiben. Dieses Programm nennen sie *Kontinuierlich unterstützte Leistung*.

Mach die Augen zu, sage ich zu ihm. Ich wecke dich, wenn wir irgendwo ankommen.

. . .

Den ganzen Nachmittag ist es wahnsinnig heiß. Die Leute sitzen auf ihren Treppenstufen, unterhalten sich und spielen Karten. Ein alter Mann salutiert, als wir vorbeikommen. Eli weicht auf dem Weg zum Kaugummiautomaten Hühnerknochen und Bierflaschen aus. Er zieht ein winziges Gummiungeheuer. Das sei sein Glückstag, erklärt er mir.

Und Henry spielt die ganze Nacht Videospiele. Er wirkt etwas high, aber ich kann es ihm nicht nachweisen. Und er versucht Catherine zu erreichen, hört aber immer nur den Anrufbeantworter. Die Sorgerechtsverhandlung ist in zwei Monaten. Ich muss ihn nur bis dahin am Leben halten, sage ich im Scherz zu Ben. Er kann darüber nicht lachen. Ich lenke mich ab, indem ich lange aufbleibe und Prepper-Zeug google.

Machen Sie Feuer mit einer Kaugummiverpackung und einer Batterie

Mit der Aluminiumfolie einer Kaugummiverpackung und einer AA-Batterie können Sie einen Kurzschluss herbeiführen und eine Flamme entzünden. Sie müssen nur die Folie in der Mitte zusammendrücken und an den positiven und negativen Polen der Batterie reiben. Der elektrische Strom wird das Papier kurz entzünden. Nutzen Sie die Flamme, um eine Kerze oder Zunder anzuzünden.

Was man tun kann, wenn man keine Kerzen hat

Eine Dose Thunfisch kann Licht für mehrere Stunden geben. Bohren Sie ein kleines Loch in die Oberfläche einer Dose Thunfisch in Öl, rollen Sie ein fingerbreites und handlanges Stück Zeitungspapier fest zusammen und stecken Sie es so in das Loch, dass zwei Fingerbreit herausragen. Warten Sie, bis sich das Papier ganz mit Öl vollgesaugt hat, und zünden Sie es mit einem Streichholz an. Ihre neue Öllampe wird mindestens zwei Stunden lang brennen, und den Thunfisch kann man danach noch unbesorgt essen.

Später kommt Ben ins Wohnzimmer, sieht, was ich mache, und geht schweigend. Ich folge ihm in unser Schlafzimmer. »Du bist mich leid, nicht wahr?«, sage ich, und er antwortet im denkbar überdrüssigsten Ton: »Nein, das bin ich nicht. Ich muss einfach nur ins Bett.«

Morgens ruft er seine Schwester an. Sie reden lange. Als er auflegt, erzählt er mir, dass sie eine dreiwöchige Reise an die kalifornische Küste planen und uns eingeladen haben. Luxus-Camping nennt sie es. Ob wir mitfahren wollen?

»Das kann ich nicht«, sage ich zu ihm. »Ich muss hierbleiben.«

Ben setzt den resignierten Blick auf, den man in letzter Zeit von ihm sieht, wenn wir über meinen Bruder sprechen. »Denk drüber nach«, sagt er. »Du hast auch dieser Familie gegenüber Verpflichtungen.«

Aber wie soll ich ihn alleinlassen können? Inzwischen verstecke ich schon meine Schlaftabletten in einer Socke unter dem Bett.

. . .

Natürlich macht Ben sich Sorgen, ich könnte den Kopf nicht über Wasser halten. Als Henry das letzte Mal unterging, bin ich gleich nach ihm reingesprungen. Ich bin nicht mehr in die Schule gegangen. Henry hat aufgehört zu arbeiten. Er hatte mit niemandem Kontakt. Er hockte in seiner Wohnung auf Staten Island und war high, bis ihm die Drogen ausgingen und er raus auf die Straße musste, um sich neue zu besorgen.

Ich erinnere mich an den Tag, an dem ich ihn besucht habe und er wie ein halber Henry war, abwechselnd aufflackerte und wieder erlosch. Du musst aufhören, sagte ich, lass mich dir helfen. Das funktioniert nicht, sagte er. Es funktioniert nie. Du könntest diesmal zu einer Selbsthilfegruppe gehen, sagte ich. Genauso gut hätte ich einen Flug zum Mars für ihn buchen können. Aber ein paar Nächte später rief er mich ganz aufgeregt an: Er hatte eine Idee. Er hatte auf YouTube etwas über die Mönche vom Berg Athos gesehen. Er verlangte, dass ich es mir ansah und ihn gleich danach anrief. Da könnte ich hingehen, sagte er. Es ist schön, es gibt nichts dort.

In der Sendung wurde dieser Mönch interviewt, ein Amerikaner mittleren Alters, ein ehemaliger Professor. Er war aus Boston weggegangen, zum Berg Athos gekommen und hatte ihn nie wieder verlassen. Er zeigte dem Reporter das Beinhaus. Sämtliche Schädel der toten Mönche, die je dort gelebt haben, ordentlich gestapelt wie Brennholz in einem Schuppen. Den Tod fürchtete er nicht: Ich weiß, wo ich enden werde, sagte er, und dann ein wegwerfender Gruß an die Adresse der Welt. Seit seinem sechsundzwanzigsten Lebensjahr hatte er die Insel nicht verlassen und würde es auch jetzt nicht tun, wo seine Mutter im Sterben lag. Der Reporter fragte ungläubig: Obwohl Ihre Mutter im Sterben liegt? Selbst dann nicht, sagte er. Sein Lächeln war so schön, dass es mir kalt den Rücken runterlief. Nein, sagte ich zu Henry. Ich würde dich nie wiedersehen.

Heute Abend tigert er hin und her, hin und her in unserem kleinen Wohnzimmer. »Wenn mir etwas passiert, nehmt ihr Iris«, sagt er. »Dir wird nichts passieren«, erwidere ich. »Und das bringst du gar nicht fertig.«

...

Es ist Samstag, und ich nehme mir vor, ein paar Einkäufe zu machen. Ich stehe vor dem Supermarkt, noch bevor die Türen geöffnet sind. Nur ich und eine Frau in einem Kaftan. Sie sieht konzentriert aus. Möglicherweise eine Schnäppchenjägerin mit Gutscheinen.

Ich habe diese Serie über solche Leute gesehen. Eigentlich genau wie die Sendungen über Drogensüchtige, nur ohne den Hinterhalt durch die Familien am Schluss. Meine Lieblingsstelle ist die, wenn die betreffende Person mit zehn vollgeladenen Einkaufswagen an die Kasse kommt. Der Gesamtbetrag ist immer atemberaubend, und es gibt einen Augenblick, in dem es aussieht, als wollte der Käufer türmen. Aber dann setzt die Musik ein. Der Käufer nimmt eine dicke Mappe raus und reicht dem Kassierer einen Gutschein nach dem anderen. Und mit jedem einzelnen verringert sich der Gesamtbetrag.

Wie weit wird es runtergehen? Wie weit wird es runtergehen? (Die ewige Frage.)

Jemand begrüßt mich, und ich sehe, dass es der heiße Typ aus dem Bus ist. Er trägt Laufsachen, was meine Meinung von ihm schlechter macht. »Was haben Sie vor?«, fragt er mich. Der Geschäftsführer sieht durch die Scheibe zu uns hinaus. Die Türen schwingen auf. »Nichts Besonderes«, sage ich. Er holt einen Zigarettenstummel aus der Tasche, zieht daran und joggt los.

Also okay, vielleicht kein Amerikaner.

Später nehme ich Eli zu dem neuen Billigladen mit, um einen Plastikdurchschlag zu kaufen. Er läuft begeistert die Gänge entlang. »Wer hat all diese Sachen gemacht?«, fragt er mich. »Die unsichtbare Hand«, erzähle ich ihm.

...

»Ich mache mir Sorgen um dich«, sagt Ben. Wegen etwas, was ich gesagt habe, obwohl ich dachte, ich hätte es nur gedacht. Eli hat nach seinen Frühstücksflocken gefahndet. Wo sie waren? Warum ich sie nicht gekauft habe? Warum ich nicht zu dem Supermarkt zurückgehen konnte? Ich hasse alle Menschen, sagte ich.

Einigermaßen sanft, würde ich behaupten, aber offenbar nicht sanft genug, denn Eli brach in Tränen aus.

Und jetzt verkündet Ben, dass sie mit seiner Schwester die Reise machen werden. Ob ich mitfahre oder nicht. Drei Wochen. So lange waren sie noch nie weg. Ich wiederhole, dass ich nicht mitfahren kann, und er packt in unheimlichem, unheilschwangerem Schweigen.

Doch sobald Ben bei seiner Schwester angekommen ist, ruft er mich an. »Wie geht's euch?«, frage ich. »Du fehlst uns«, sagt er.

...

Wenigstens habe ich den Hund. Und vielleicht bin ich auch ein bisschen verliebt. Der Typ aus dem Bus kam heute in die Bibliothek. Er ist den ganzen Vormittag die Regale entlanggewandert. Jetzt unterhält er sich mit einer Stammkundin, der Frau mit den abgekauten Fingernägeln. »Essen Sie keine Pflanzen mit Milchsaft. Löwenzahn ist die einzige Ausnahme«, erklärt er ihr. Er geht nach draußen, um zu rauchen.

Als ich zum Mittagessen gehe, ist er nirgends zu sehen. Der Frau auf der Bank gebe ich ihren Dollar. Draußen ist es schwülwarm. Ich spüre, wie der Schweiß sich unter meinen Achseln sammelt. *Niemand sieht dich an*, pflegte meine Mutter zu sagen.

Als ich nach Hause komme, liegt Henry auf dem Sofa und starrt an die Zimmerdecke. Ich finde eine Sendung, die mit keinem von uns etwas zu tun hat. Wir sehen sie zusammen an und essen große Schüsseln Schokoladenpudding. Eine Kandidatin aus der Sendung blickt in die Kamera und erzählt von ihren Hoffnungen und Träumen. Warum reden die Leute im Reality-TV immer von ihren Absichten? Ist das wie Gebete für Pharmavertreter?

...

Es ist unheimlich im Haus, seit Ben nicht mehr da ist. Als würden die Leute mich anders ansehen. Ich kann zum Beispiel nicht sagen, ob der Drogendealer mit mir oder einfach mit jedem schlafen will. Er verbreitet eine Art hintergründiger Stimmung.

Er kann mich besser leiden, seit er mich neulich nachts um zwei Uhr morgens sturzbetrunken nach Hause kommen sah. Er kam mir unten im Flur entgegen, als ich wieder und wieder versuchte, meinen Briefkasten aufzuschließen. Alles in Ordnung?, fragte er. Alles in Ordnung, sagte ich. Er ging nach oben, aber seitdem hält er mir die Aufzugtür auf, selbst wenn ich noch meterweit entfernt im Flur bin.

...

Es ist wichtig, nicht zu vergessen, dass Seelenschmerzen in Wellen kommen. Man muss sich daran erinnern, dass es zwischen den Wellen Pausen gibt. Das hat Margot Henry erklärt. Wir haben uns bemüht und es nicht fertiggebracht, die Hausaufgaben zu machen.

»Es ist unerträglich«, sagt Henry. »Es ist schwer erträglich«, korrigiert sie ihn. Er soll seine schlimmsten

Angstvorstellungen aufschreiben. »Schreib es in der ersten Person. Benutze eindeutige Einzelheiten«, erklärt sie ihm.

Später halte ich Iris, während Henry sich damit abmüht. Oh, seine Augen – es tut weh, sie anzusehen. Er strauchelt, fängt von vorne an, liest alles von Anfang an vor.

Ich lasse das Baby im Auto, während ich in den Laden gehe. Er ist so viel größer, als ich erwartet hatte. Ich laufe die Gänge rauf und runter und lege immer mehr Zeug in meinen Einkaufswagen. Er ist so voll, dass ich sogar den Teil des Sitzes volllade, in dem sonst die Kinder sitzen. Plötzlich fällt mir Iris wieder ein, und ich renne nach draußen. Es ist ein schrecklich warmer Tag, und alle Autoscheiben sind zu. Leute stehen um den Wagen herum und versuchen ihn aufzubrechen. Ein Mann schlägt mit einem Hammer auf die Scheibe ein, aber sie zerbricht nicht. Eine Frau kreischt. Die Polizei kommt und zertrümmert die Scheibe. Sie versuchen es mit Reanimation, aber sie ist schon tot. Ich stehe zwischen den Schaulustigen. Dann begreifen sie, dass ich der Vater bin.

Ich küsse das Baby auf die weiche Stelle am Kopf. »Gut«, sage ich zu ihm.

. . .

Der Roboter Samantha ist wieder in den Nachrichten. Auf einer Technologie-Konferenz in Europa wurde sie präsentiert. Aber zu viele Männer wollten sie ausprobieren, und am Ende des Tages war sie schrecklich schmutzig und hatte zwei gebrochene Finger. Ihr Erfinder war völlig verstört; er musste sie nach Spanien schicken, um sie reparieren zu lassen. Zum Glück war ihr Stimmapparat noch in Ordnung. Mir geht es gut, sagte sie. Diese Leute sind Barbaren, sagte der Erfinder einem Reporter.

Zum Buddhismus gehört die Vorstellung, dass wir alle schon viele Male geboren wurden und die Mütter und Väter und Kinder und Geschwister jedes anderen waren. Deshalb sollten wir jeden, dem wir begegnen, so behandeln, als wäre er einer unserer Liebsten.

. . .

Ich habe wieder über meine Weltuntergangszuflucht nachgedacht. Mitbewohner auszusuchen ist kompliziert. Zuerst muss man ihren Charakter bestimmen. Werden sie anführen, werden sie sich unterordnen? Werden sie andere dominieren, sobald sich eine Möglichkeit dazu ergibt? Sind sie Alpha? Oder Beta?

Meine Hündin sei keines von beidem, hat man mir gesagt. Sie klettert gerne, was bedeutet, dass sie sich jedem Alphahund unterwirft, aber sich gerne auf dem Bett breitmacht, bis man sie erwischt und runterscheucht. Ein Betahund würde von sich aus am Fuß des Betts bleiben.

Als Zweites muss man die Fähigkeiten der Leute, die man aussucht, aufeinander abstimmen. Ist jemand praktisch begabt? Ist jemand musikalisch? Hat jemand medizinische Erfahrung?

Und drittens muss man sich überlegen, wie man ihnen sagen kann, dass man sie für die eigene Weltuntergangszuflucht ausgewählt hat.

. . .

Manchmal lässt meine Konzentration nach, und ich erlaube mir für einen Augenblick, darüber nachzudenken, was mit Henry nicht stimmt. Wenn er wirklich high würde und ich diese Gedanken hätte. Dann muss ich mich an Fremden vorbeidrücken und die Treppen hoch und zurück ins Sonnenlicht.

. . .

Wir sehen uns zusammen das Staffelfinale von *Extreme Couponing* an. Diesmal kann die Käuferin den Gesamtbetrag auf 2,58 Dollar drücken. Alle im Laden applaudieren, als sie die Schlange aus Einkaufswagen zu ihrem Auto hinausschiebt.

In den ersten Folgen der Serie hatten sie ihre Lebensgeschichte erzählt. Diese Frau ging jeden Tag in Kostüm und Lippenstift in die Arbeit, aber es machte ihr nichts aus, in Mülltonnen zu steigen, um weggeworfene Couponzettel rauszufischen. Der Moderator berichtete, dass sie vor Kurzem ihr Haus in eine Vorratskammer für Großeinkäufe umgewandelt habe und nun mit ihrer Familie im halb fertigen Keller wohne.

. . .

Meine Mutter schickt mir ein Foto. Sie hat mit ihrem Betkreis eine Busreise zu einer Jugendstrafanstalt im Nachbarstaat unternommen. Sie durften nicht mit den Insassen sprechen, aber sie standen vor dem Stacheldraht und sangen in der Hoffnung, ihnen damit etwas Gutes zu tun. Das Foto zeigt ein dürres Bäumchen außerhalb der Umzäunung. Offenbar ist es der einzige Baum, den man von dem Gefängnis aus sehen kann. Bevor sie abfuhren, haben sie ihre Halsketten mit Kreuzen an die Zweige gehängt.

Du wirst nicht vierunddreißig Meilen mit deinem Kind auf dem Rücken gehen.

Aber wenn ich es müsste.

...

Während alle verreist sind, bin ich zu lange in meiner alten Bar herumgehangen. Es macht Spaß, sich mit Leuten zu unterhalten, die nichts von mir wissen. Außerdem belausche ich dauernd die Gespräche der anderen.

Es sei wichtig, »den entscheidenden Augenblick« zu erwischen, sagt der Mann neben mir zu der Frau, mit der er hier ist. Das stimmt. Der Unterschied ist nur, dass er von der Fotografie im 20. Jahrhundert spricht, während ich über alles und jedes im 21. Jahrhundert rede.

Und dann kommt eines Tages der Mann für mich herein. Er heißt Will. Es stellt sich heraus, dass er irgendwie Journalist ist. Zurück aus Syrien. Er hat eine merkwürdige Marotte: Kinder auf Ausflüge in die Wildnis mitnehmen. »Keine klare Grenze zwischen verlaufen und nicht verlaufen«, erklärt er mir, und ich notiere das auf einer Papierserviette.

Und dann irgendwie, vier Drinks später, erzähle ich ihm von dem bevorstehenden Chaos. »Wovor fürchtest du dich?«, fragt er mich, und die Antwort lautet natürlich: Zahnarzt, Demütigungen, Not; dann sagt er: »Was sind deine nützlichsten Fähigkeiten?« »Die Leute denken, ich wäre ein Spaßvogel, ich weiß, wie man etwas auf muntere, lustige Weise erzählt. Ich gebe mir Mühe, mich nicht über meine aufgegebenen Ziele auszulassen oder über meine Abneigung gegen Hippies und Reiche.« »Aber erworbene Fähigkeiten«, sagt er, und ich erzähle ihm, dass ich ein paar Gedichte auswendig kann, dass ich vor Kurzem gelernt habe, wie man aus einer Dose Thunfisch (in Öl, nicht im eigenen Saft) eine Kerze machen kann, die lange brennt, dass ich gelernt habe, einen Schwarznussbaum zu erkennen, und dass man notfalls von der inneren Rinde einer Birke überleben kann, und dass ich weiß, dass es wichtig ist, immer Kaugummi bei sich zu haben, um nach dem Zusammenbruch die Moral zu heben, und auch, weil Kaugummi den Appetit hemmt und man angeblich damit fischen kann, aber nur, wenn es bunt ist und Zucker enthält – nur dann wird ein Fisch es sich ansehen und sich irgendwie an der Angel verhaken, die ich aus einer angespitzten Büroklammer und einer Schnur und einem Stock gebastelt habe. Wenn nötig, kann man nassen Tabak als Wundpflaster benutzen. Rote Ameisen kann man essen (sie schmecken nach

Zitrone); die Mormonen essen die Knospen von Lilien, ein Nahrungsmittel in Hungersnöten; Malcolm X hat gesagt, seine Mama habe Löwenzahnsuppe gekocht, wenn es nicht genug zu essen gab. Wenn man nicht genug Wasser hat, soll man nicht essen, sondern den Mund geschlossen halten und die Energie sparen. Ohne ein Dach über dem Kopf kann man drei Stunden lang durchhalten, ohne Wasser drei Tage lang, ohne Nahrung drei Wochen lang, ohne Hoffnung drei Monate lang, aber trinken Sie nicht den eigenen Urin – das ist ein moderner Mythos –, und essen Sie keinen Schnee, den muss man vorher schmelzen. Wenn Sie Zahnschmerzen haben, können Sie zerriebenes Aspirin auftragen. Und alles, was man zum Anrühren von Zahnpasta braucht, sind Backpulver, Pfefferminzöl und Wasser. Auf einem Zweig können Sie kauen, bis er zu einer Zahnbürste zerfasert …

Er berührt immer wieder meinen Arm, dieser Typ. Manchmal brennt dein Herz mit jemandem durch und braucht nicht mehr als ein Halstuch an einem Stock.

Als ich nach Hause komme, spielt Henry Videospiele. Ich sehe mir die Liste der Prepper-Akronyme an, die ich am Morgen ausgedruckt habe.

RADS = Raus aus der Stadt
VK = Vertraue keinem
FUZ = Furcht, Unsicherheit, Zweifel
SGV = Sicherheit geht vor
PADS = Pfeife auf den Staat
DHN = Dir hilft niemand
IKNZ = Ich komme nicht zurück

...

Das nächste Mal erzähle ich ihm, wie bald sie einen Deich um die Stadt herum errichten werden. Der Bürgermeister holt sich schon Rat bei den Niederländern. In Holland gibt es Dörfer am Meer, wo man die Wellen ans Ufer krachen hört, die Möwen kreisen sehen und das Salzwasser riechen kann, ohne je das Meer zu sehen.

Er hat Charisma, dieser Typ, und ist es gewohnt, dass die Frauen hinter ihm her sind. Einmal hat er mir ein Foto seiner Exfrau gezeigt, die eine irrsinnig attraktive Fotojournalistin ist. Französin. Er ist Frankokanadier. Sie waren zusammen in Kriegsgebieten. Ich habe ihn gefragt, ob er sich immer nur mit schönen Frauen verabredet hat. Er sah mich freundlich an, dachte darüber nach. Kann sein, sagte er. Hat sie eine Augenklappe? Keine Augenklappe, hat Will gesagt.

Später, nachdem er gegangen ist, sagt Tracy, ich sei ein Loser, weil ich ihn nicht angemacht habe. »Du solltest einfach verheiratet bleiben«, meint sie zu mir. »Ich bin verheiratet«, erkläre ich pedantisch. »Genau«, sagt sie.

. . .

Ich würde ... ich könnte den Augenblick nicht ertragen, in dem du mich nicht mehr lieben würdest, sage ich zu dem Mann, der mich in der U-Bahn anlächelt. Telepathisch. Aber er hört mich. Jetzt spielt er auf seinem Smartphone irgendein Spiel, ohne mich ein einziges Mal anzusehen.

Wenn er mit Tracy durchbrennt, wird mir das nichts ausmachen. So ist es eben. Assortative Paarung. Und ich würde mich auf gar keinen Fall vor einen Zug werfen. O nein. Aber es gibt immer diese Autounfälle, bei denen ein Wagen gegen einen Baum rast, und ich könnte die andere Frau im Auto sein. Sie würden Händchen haltend davongehen, aber über mich würden sie nie hinwegkommen.

. . .

Eine der Sachen, die ich an Will mag, ist, dass es ihn nicht zu stören scheint, wenn ich mich über Sitzmeditation auslasse. Er gehört ganz sicher zu denen, die wissen, wie man die Nacht durchmacht. Manchmal frage ich mich, warum er überhaupt hier ist. »Auf der Durchreise«, sagt er. Klar, natürlich, streif weiter rum, sing deinen Song, so ungefähr.

Es dauert eine Weile, bis mir klar wird, wie er seine Zeit rumbringt. Wenn ich das richtig beurteile, geht er an irgendeinen schrecklichen Ort, wird beinah getötet, geht dann wieder und hält sich so lange in einer friedlichen Gegend auf, bis er wieder bereit ist, als Reporter zu arbeiten.

Er erzählt mir, wie er diese langen Wanderungen gemacht hat. Einmal folgte er dem Weg eines Abenteurers aus dem 18. Jahrhundert. Er ging, wo der gegangen war, hielt sich auf, wo der sich aufgehalten hatte. Das Tagebuch des Mannes benutzte er als Führer. Und schrieb unterwegs an seinem eigenen Buch. Es war wie eine Art neuer Schicht auf der Vorlage, sagte er. Die Wanderung dauerte acht Monate. Ab und zu verließen seine Füße den Erdboden. An einem Regentag ließ er sich von einem Autofahrer mitnehmen und war verblüfft, wie heftig diese neue Geschwindigkeit sich für seinen Körper anfühlte. Seine Gedanken konnten sich

nicht in Ruhe entfalten, sie waren ein einziges Durcheinander. Er hielt sich am Türgriff fest und wartete
panisch darauf, erlöst zu werden.

Wie ist die Wanderung?, wurden wir in der Jugend-
gruppe gefragt. Was hieß: mit Jesus.

. . .

Meine Frage an Will lautet: Kommt es dir hier vor wie
in einem Land im Frieden oder im Krieg? Das ist natürlich nicht ernst gemeint, nicht ganz jedenfalls, aber
er antwortet ernsthaft.

Er sagt, es fühle sich so an wie kurz bevor es losgeht.
Das ist abartig, aber man lernt, darauf zu reagieren.
Selbst wenn alle sich einreden, es passierte nichts, liegt
es irgendwie in der Luft. Das Ganze ist eher physisch
als verstandesmäßig, sagt er.

Wie gesträubte Nackenhaare? Wie das gesträubte Fell
bei einem Hund? Ja, sagt er.

Er sagt mir, dass sie in dem Zeltlager den Kindern
etwas beibringen, was er als »Verlustresilienz« bezeichnet. Um zu überleben, muss man zuerst an die Gruppe
denken. Wenn man sich um die Bedürfnisse der ande-

ren kümmert, gibt einem das ein Ziel, und ein Ziel gibt einem die Kraft, die man in einem Notfall braucht. Er sagt, man könne nie wissen, welche Kinder es schaffen würden. Doch im Allgemeinen schneiden die Kinder aus den Vorstädten am schlechtesten ab. Sie haben keine natürlichen Feinde, sagt er.

. . .

Ich weiß nicht, wie Ben es angestellt hat. Ich muss ihn anrufen und mir Anweisungen holen, wie ich die ganze Mäusekacke von dem Gewürzregal und dem Regalbrett darunter wegbekomme, weil ich seit einer Stunde mit gelben Gummihandschuhen, Reinigungsmitteln und feuchten Papierhandtüchern hantiere und so viel Papier weggeworfen habe, dass alles Gute, was ich bisher geleistet habe, schon wieder zunichtegemacht worden ist. Aber jetzt muss ich alles wieder einräumen – heißt das, dass ich jedes Gewürz und jede Flasche einzeln abwaschen muss? »Habe ich getan«, sagt er liebenswürdig, »aber das muss man nicht machen, es reicht vollkommen, die Scheiße loszuwerden.« Er lacht, als ich ihm sage, wie lange ich mich damit abgeplagt habe, und sagt: »Neues Spiel, neues Glück.«

Ich fange an, ihn zu vermissen. Die Wärme seines Körpers neben mir im Bett. Gewisse kleine Scherze und Nettigkeiten. Eine Art Wohlwollen oder Gutwilligkeit, immer wieder und wieder gewährt, ob man es verdient hat oder nicht.

Wie merkwürdig, dass man, wenn man verheiratet ist, sich nur wünscht, dem anderen fremd zu sein, aber wenn man einander fremd ist, wünscht man sich vor allem, verheiratet zu sein und gemeinsam im Bett zu lesen.

. . .

Immer neue E-Mails. Und die Leute haben Ideen. Optimieren Sie nicht die Sonne oder den Ozean, optimieren Sie uns.

Kleine Leute leben länger, behauptet ein Wissenschaftler. *Sie benötigen weniger Stoff für ihre Kleidung, weniger Gummi für ihre Schuhe und passen besser in Flugzeuge.*

Frage: Was würde es konkret bedeuten, Menschen biologisch so zu verändern, dass sie mehr leisten können?

Antwort: Eine Sache, die man untersucht hat, sind Katzenaugen, um eine Möglichkeit zu finden, Menschen Katzenaugen zu verleihen oder ihre Augen denen der Katzen ähnlicher zu machen. Weil Katzenaugen tagsüber fast so gut wie Menschenaugen sehen, aber nachts viel besser. Die Forscher dachten sich, wenn jeder Katzenaugen hätte, würde man weniger künstliche Beleuchtung benötigen und könnte auf diesem Weg den Energieverbrauch erheblich reduzieren.

Diesen ganzen Kram habe ich im Zeitschriftensaal gelesen. Und noch anderes. Eine Zeitschrift ist voller Artikel über Studien zum Thema Einsamkeit und wie man sie bekämpfen kann.

Hunt et al. (1992) fanden heraus, dass eine Frau, die in einem Park sitzt, erheblich mehr soziale Interaktion von Passanten erfuhr, wenn sie in Begleitung eines Kaninchens oder einer Schildkröte war, als wenn sie allein mit einem Fernseher dasaß oder Seifenblasen blies.

Der Adlatus wirkt blasser als gewohnt. Er spricht nicht in ganzen Sätzen. Wäre es möglich, dass …? Hätten Sie etwas dagegen, wenn …?

Es heißt, wenn man einsam sei, verringere sich der Wortschatz.

. . .

Später, mitten in der Nacht, mache ich mir Sorgen über ihn. Denke über Dinge nach, die ich hätte sagen sollen. Ich weiß, worauf man achten muss. Mit dieser Liste im Kopf bin ich aufgewachsen. Hast du einen Plan?, habe ich Henry immer gefragt, wenn er mich spät nachts anrief, um etwas loszuwerden, was er nicht mehr brauchte.

Ich redete und redete, aber wenn er auflegen wollte, behauptete ich, noch eine Sache sagen zu wollen, etwas, was ich vergessen hatte, etwas Wichtiges. Ich muss morgen mit dir sprechen, sagte ich dann. Du musst zurückrufen, damit ich mich daran erinnern kann. Ein einfacher Trick, aber es hat funktioniert. Man muss sie dazu bringen, sich auf den nächsten Tag, die nächste Stunde, sogar die nächste Minute einzulassen.

. . .

Wissenschaftler sagen, die Theorie von allem sei ein technischer und kein metaphysischer Begriff.

Doch viele Leute, die in dieser Bar herumhängen, haben großartige Theorien, die alles miteinander vereinen würden. Vieles davon habe ich mir angehört, als ich dort bedient habe. Lange haben mich alle interessiert, die Kummer hatten. Wie sie zusammenzuckten, wenn man sich über kleine Alltagsgeschichten beschwerte; wie sie vor Zorn bebten, wenn man glaubte, festen Boden unter den Füßen zu haben.

In letzter Zeit sind mir die aufgefallen, die nur Sex kennen, die alles ausprobiert haben und wieder da angekommen sind, wo sie angefangen haben. Sie wissen genau, wie man jemanden brechen kann oder wie er bricht; sie wissen, wie man Hammer sein kann und auch Nagel. »Darf ich etwas fragen?«, sagt Will, und ich sage: »Klar, frag mich etwas.«

»Woher weißt du das alles?«
»Ich bin eine verdammte Bibliothekarin.«

. . .

LEUTE FRAGEN AUCH

Was wird als Erstes aus den Geschäften verschwinden?
Warum brauchen die Menschen Mythen?
Leben wir im Anthropozän?
Was ist kulturelle Trance?
Ist es falsch, Fleisch zu essen?
Was ist Überwachungskapitalismus?
Wie können wir die Bienen retten?
Was ist das Internet der Dinge?
Wann werden die Menschen ausgestorben sein?

. . .

Sylvia hat beschlossen, keine Interviews mehr aufzunehmen. Sie sagt mir, ich solle das Archiv durchsehen und die aussuchen, die man senden soll.

Ich habe mir das Gespräch mit dem Katastrophenpsychologen noch mal angehört. Er erklärt, dass das Gehirn in Notsituationen in eine Endlosschleife geraten kann, weil es nach einer ähnlichen Situation sucht, die es vergleichen kann.

Deshalb muss man einen Plan haben, bevor eine Katastrophe hereinbricht. Im Hotel sollte man sich über die Notausgänge informieren. Auf einer Fähre nach

Schwimmwesten Ausschau halten. Im Flugzeug die Hinweise lesen, die man beachten soll.

Ohne so einen Plan verlieren Leute schnell die Nerven. Ehemänner lassen ihre Frau im Stich. Eltern fliehen ohne ihre Kinder. Man könnte sich zum Beispiel wie ein Mantra immer wieder sagen: *Ich habe Kinder! Ich habe Kinder!*

. . .

An einem Wochenende passen mein Bruder und ich auf Sylvias Haus auf. Ich bin nervös, unruhig, denke an alles, was ich nicht sein soll. Zwischen den Wänden sind so viele Mäuse, dass man nicht schlafen kann. Sie trippeln und rascheln. Und irgendein Tier hat die Schutzkappe über dem Propanbehälter durchgenagt. Henrys Augen sehen nicht gut aus. Heute Morgen sind wir sehr früh aufgestanden, um einen selten zu sehenden und ganz besonderen Mond zu betrachten.

Und ich muss mich darum kümmern, dass meine Mutter ihre Zähne machen lässt. Ein Weisheitszahn ist entzündet und einer bröckelt. Sie hat mir gesagt, sie plane, die vier Stunden bis zur Universitätsklinik zu fahren. Leute kommen noch von viel weiter her, viele viele Meilen, und sie sind so zahlreich, dass es eine Art Lotterie für den Einlass gibt, um diejenigen auszuwählen, deren Schmerzen gelindert werden. Amerika ist dieser Ort, wo man den ganz großen Hauptgewinn ziehen kann.

. . .

Willst Du draußen bei Tageslicht was mit mir unternehmen?, schreibt mir Will, als ich wieder da bin. Ich warte, bis mein Bruder einen Freund zu Besuch hat, und mache dann einen heimlichen Spaziergang mit Will. Wir gehen zu einem kleinen Park, in dem ich noch nie war. Vielleicht wohnt er in der Nähe. Wir reden nie darüber, wo wir wohnen.

Mittendrin gibt es einen kleinen Teich. Wir fragen uns, wie tief er ist. Ich finde einen Stock und reiche ihn ihm. »Frauen sind jetzt gleichberechtigt«, sagt er, wirft den Stock aber, um mir einen Gefallen zu tun.

Prepper-Ratschlag: Wenn Sie ohne Angelausrüstung unterwegs sind, brauchen Sie zum Fischen nur Spucke und Ihr Hemd. Waten Sie in das Wasser, und halten Sie Ihr Hemd wie ein Netz unterhalb der Wasseroberfläche. Spucken Sie kräftig hinein. Das lockt Elritzen an, weil sie es für Futter halten. Sobald einige sich in dem Hemd sammeln, heben Sie es ruckartig aus dem Wasser. Jetzt ist Ihr Abendessen gesichert.

Will lacht, als ich ihm das erzähle. »Es gibt bessere Methoden«, sagt er. »Ich fische seit meiner Kindheit.« Er ist am Ende der Welt aufgewachsen, wo der Schnee bis zu den Fenstern reicht.

Na ja, ich könnte ihn vielleicht eine Zeit lang bezaubern, aber wenn der Zauber verblasst? Wie lange würde es dauern, bis er herausfände, dass ich weder Holz hacken noch Feuer machen kann? Ben ist es gewohnt, dass ich immer nur rede und nicht handle, aber es hat lange gedauert, bis ich diese ganze Gutwilligkeit angesammelt hatte.

Die Vorstellung, mit jemand anderem lange genug zusammen zu sein, um das wieder zu verdienen. Das kommt mir undenkbar vor. Denn der Teil, in dem man bezaubernd erscheint, alles Gute verkörpert, und dann der spätere Teil – vielleicht früher, sicher später –, in dem ihre Geduld mit dir erschöpft ist, sie alle Wiederholungen, alle großen und kleinen Beschämungen, leid sind, das, glaube ich, könnte ich nicht ertragen. Tracy meint, Blödsinn, ich sollte die Gelegenheit zu einem Seitensprung nutzen, solange Ben verreist ist. Und das könnte ich, oder? Das könnte ich! Das könnte ich!

Was ich tun müsste, wäre nur, mich auszuziehen in Gegenwart eines Fremden, der kein großes Interesse an meinem langfristigen Wohlergehen oder meiner seelischen Stabilität hätte. Wie schwer wäre das? Ich könnte es tun. Es würde Spaß machen. Vor allem, wenn besagter Fremder all meine Scherze verstünde und ihm gefiele, dass ich nie nörgelte und nie fragte, ob ich dick sei, dass er bereit wäre, mich zum Zahnarzt und zum Arzt zu schicken, obwohl ich es nicht wollte (wegen dem Tod, dem Tod, dem schrecklichen Tod), und nichts gegen meine schlampige Haushaltsführung und meinen unrasierten Busch einzuwenden hätte und einverstanden wäre, dass wir uns finanziell und emotional um meinen Bruder für den Rest seines Lebens kümmern würden und auch um meine Mutter, die gütig und freundlich ist, aber keinen Cent besitzt, dann wäre ich mit allem einverstanden, dann würde ich mit Vergnügen bis zum frühen Morgen so mit ihm vögeln, wie es ihm Spaß macht.

Andererseits bin ich auch verheiratet. Glücklich, würde ich sagen. Also beschränken wir uns auf SMS-Nachrichten, wenn wir nicht zusammen sind. Alberne Sachen, kleine Scherze über die Nachrichten oder unseren Alltag. Manchmal schicke ich sie spätnachts, aber dann sind sie gewissenhaft keusch. Diese Botschaft heute Nacht aus dem Badezimmer:

Kompromat über mich: elektrische Zahnbürste jetzt manuell.

...

Manchmal zuckt Will zusammen, wenn ich vom Gehsteig abkomme und aufs Gras trete. Er hat viele gute Geschichten auf Lager. Keine handelt vom Krieg.

Na ja, das stimmt nicht ganz. Dieses eine Mal hat er über den Krieg gesprochen oder nicht wirklich über den Krieg, sondern über die Zeit kurz davor. Er hat gesagt, der Körper wüsste Dinge, bevor das Gehirn sie weiß. Man würde ganz andere Dinge wahrnehmen.

Bist du dir sicher, dass du kein Spion bist? Weil du irgendwie wie ein Spion wirkst, habe ich einmal zu ihm gesagt. Ich bin kein Spion, hat er gesagt. Aber ich könnte dir eine verschlüsselte Nachricht schicken.

...

Im Meditationskurs spricht eine Frau darüber, was ihr passiert ist. Sie hat eine Art Krankheit, bei der die leiseste Berührung schmerzhaft ist. »Ich kann es nicht ertragen«, sagt sie. Margot nickt. Man kann es kaum ertragen, denke ich automatisch.

Es gibt verschiedene Geschichten über den Tod von Margots Ehemann. Ich glaube, er wurde von einer Biene gestochen. Offenbar zum ersten Mal in seinem Leben, und er war unrettbar allergisch.

In manchen Zenklöstern wird Getratsche als Gerede über Dinge definiert, die man nicht unmittelbar im Blick hat.

. . .

Henrys Karton ist voller Papierschnipsel, Sätze in winziger Schrift. Wir träumen beide, dass Leute sie finden. Anfangs dauerte es eine Woche, bis der Karton voll war. Aber diesmal waren es nur vier Tage. Oft werden diese Gedanken schlimmer, bevor sie besser werden, sagte Margot. Damit muss man rechnen. Aber man kann mit etwas rechnen, und trotzdem verschlägt es einem den Atem.

»Wollen wir anfangen?«, frage ich ihn. Henry nickt, zieht die Schultern hoch. Der Park ist fast menschenleer wegen der Kälte. Wir sitzen auf einer abgelegenen Bank. Wie vorgeschrieben liest er mir jede einzelne Aufzeichnung vor. Das Baby wird verbrannt, erstickt, erdrosselt, gehäutet. Ich zerreiße sie zu Schnipseln und werfe sie weg.

Später fahre ich mit dem Drogendealer aus 5 C im Aufzug hoch. Was soll diese beschissene Dunkelheit?, sagen unsere Augen.

· · ·

Ich beschließe, Will zu fragen, ob er je bei einem Seelenklempner war. »Mir ist nichts passiert«, sagt er. Wedelt mit der Hand, wie um zu sagen: Schau her, alles unversehrt, nicht in die Luft gejagt. »Okay«, sage ich. »Kapiert.« Jede Menge Gedanken in seinem gequälten Kopf, wette ich. Eine unheimliche Pause entsteht, und dann haut er einfach einen anderen Gang rein und wechselt das Thema.

»Wie war der Spaziergang mit Henry?«, fragt er. »Mir ist auch nichts passiert«, sage ich zu ihm.

· · ·

Okay, okay, mach das Licht aus. Schlaf ein. Ich habe Schlaftabletten, aber ich wünsche mir die anderen Medikamente, die einen glücklich machen. Ich nehme eine, aber trotzdem wache ich um drei Uhr morgens auf.

Wo ist mein Mann? Wo ist mein Sohn?

Wir haben nie über Eli gesprochen. Nur einmal hat er mich gefragt, ob er wüsste, wie man jagt oder fischt. Ich musste lachen, weil ich dran dachte, wo wir wohnen. Aber nachts im Bett dachte ich: oh, Kanada!

Warum ich dieser Frage nicht entkommen kann. Was wäre der sicherste Ort? Neulich war diese Klimatologin im Fernsehen. Sie sprach über ihre eigenen Kinder.

Ich finde es wirklich schwer, sich für eine bestimmte Region zu entscheiden und zu denken, diese Gegend sei sicher und dabei könne man bleiben. Ich glaube nicht, dass es irgendwelche sicheren Gegenden geben wird. Ich ... die Folgen werden dramatisch sein. Deshalb will ich so mobil und flexibel wie möglich bleiben, um für das, was auf uns zukommt, gewappnet zu sein. Meine Kinder sind zweisprachig und lernen gerade eine dritte Sprache. Beide Kinder haben drei Pässe und können sogar in der EU, in Kanada oder Australien studieren und sogar arbeiten.

...

Meine Mutter ruft mich an und erzählt mir, dass sie haufenweise Socken kauft und an alle Obdachlosen verteilt, denen sie begegnet. Und sie versucht, immer einen Stapel Dollarnoten im Handschuhfach zu haben, damit sie wenigstens einen Dollar mit jedem Paar

Socken verschenken kann. Meine Mutter, die von einer winzigen Rente lebt. Ich mache mir Sorgen, dass sie zu viel für den Unterhalt ihres Autos ausgibt. Es hat schon so viele Meilen runter.

Ein Mönch hat einen Wüsteneinsiedler über sein Leben befragt. Und der hat gesagt:

Iss Stroh, trage Stroh, schlaf auf Stroh: Das bedeutet: Verachte alles, und lege dir ein Herz aus Eisen zu.

Es gibt vereinzelte Anzeichen, dass Catherine auch auf den Abgrund zutaumelt. In letzter Zeit hat sie mir diese abartigen E-Mails weitergeleitet.

Bitte teilen!
Eltern und Kinder waren früher einmal eine Einheit und wuchsen wie eine Pflanze. Doch dann trennten sie sich und wurden zwei und zeugten Kinder. Und diese Kinder liebten sie so sehr, dass sie sie aufaßen. Gott dachte: »So kann das nicht weitergehen.« Und deshalb verringerte er die Eltern- liebe um neunundneunzig und neun Zehntel Prozent, da- mit Eltern nicht mehr ihre Kinder aßen.

Ich habe es ausgedruckt, um es Henry zu zeigen. Aber er lacht nicht darüber. »Sie ist ein guter Mensch«, sagt er. »Das bist du auch«, sage ich.

Und dann, als ich mich gerade daran erinnere, dass wir alle eine Gemeinschaft sind, dass wir alle Hoffnungen und Träume haben, sehe ich Mrs Kovinski die Straße herunter auf mich zukommen. Wir gehen uns inzwischen aus dem Weg. Seit ich ihr gesagt habe, dass ich ihre Hasstiraden nicht mehr hören will.

. . .

Ich habe Will von den Karten erzählt, mit denen ich Henry geholfen habe. »Ich will eine Karte!«, sagt er. Also schreibe ich ihm eine auf eine Papierserviette.

Rosen sind rot
Und Veilchen sind blau,
Und in Deiner Haut fühl ich mich gar nicht mehr grau.

Er wird bald nach Hause zurückkehren. Er will wieder in der Nähe der Wälder leben. Irgendwo in Quebec.

Neulich hat er mir abends ein Buch geschenkt: *Maritime Signalkunde*, Ausgabe von 1931. Neben manchen waren kleine Bleistiftpunkte.

»Ich möchte mit dir kommunizieren.« »Hör auf, deine Absichten durchzusetzen, und achte auf meine Signale.«

»Ich brenne.«

»Wir können nichts tun, bevor das Wetter milder wird.«

. . .

An seinem letzten Tag gehen wir in das Aquarium. Mir gefallen die Teufelsrochen am besten. Wir sehen zu, wie sie vorbeischweben. Sie haben das größte Gehirn aller Fische, erinnere ich mich. Stellt man einen Spiegel vor ihnen auf, verhalten sie sich nicht, als sähen sie einen anderen Rochen, sondern gleiten und beobachten, tauchen und wedeln.

»Was hält dich hier?«, sagt er. Bitte, denke ich, aber nein, ich kann ihn nicht einmal ansehen. All meine Leute. Ich habe so viele Leute, man würde es kaum glauben.

FÜNF

Ein Mann hat schreckliche Träume, in denen er von einem Dämon verfolgt wird. Er sucht Rat bei einem Therapeuten, der ihm sagt, er müsse sich umdrehen und sich dem Dämon stellen, denn sonst wird er dem Problem nicht entkommen. Er gelobt, das zu tun, doch jede Nacht läuft er im Traum wieder weg. Endlich gelingt es ihm, sich umzudrehen und den Dämon anzusehen. »Warum jagst du mich?«, fragt er ihn. Der Dämon sagt: »Das weiß ich nicht. Es ist dein Traum.«

. . .

Nachdem er gegangen war, begriff ich, dass er das Buch signiert hatte. Ich fragte mich, was für eine Widmung das sein würde. Es gibt jede Menge Möglichkeiten, sich vorsichtig auszudrücken: *Dein* oder *herzlich* oder *alles Gute*. Aber er ist schlau. MDUDÜS. Selbst wenn Ben es sähe, würde er es nicht erraten. Ein Prepper-Witz.

Mögest du unter den Überlebenden sein.

Diese Sache ist manchmal ein kalter Entzug. Ich schwitze es aus. Musik hilft ein bisschen.

Kann ich es loswerden?

Ja, das kannst du.

...

Ich versuche Tracy die Sache mit Will zu erklären. Dass es wie eine Kriegsromanze war. Nur ohne Krieg. Nur ohne Sex. Sie sieht mich an. »Es ist also nichts gewesen?«, sagt sie.

Und dann ist es ein neuer Tag und wieder einer und wieder einer, aber ich will mich darüber jetzt nicht verbreiten, weil Sie zweifellos auch erlebt haben, was Zeit ist.

Frage: Wie gelingt es Ihnen, nicht Ihren Optimismus zu verlieren?

Antwort: Wenn man Eisenmangel hat, legt man ein paar eiserne Nägel in eine Schale mit Zitronensaft und lässt sie über Nacht stehen. Am Morgen machen Sie daraus Limonade.

Mama? Mama? Mama?

...

Kleine Funken ab und zu, Dinge, die ich ihm sagen will. In der Bodega kaufe ich bei Mohan eine Gurke.

An Pflanzen kann man leichter und geräuschloser kommen als an Fleisch. Das ist besonders wichtig, wenn der Feind in der Nähe ist.

Und dann muss ich mich eines Tages beeilen, um den Bus zu erwischen. Als ich ihn erreiche, bin ich so außer Atem, dass ich schlagartig erkenne, dass all meine Vorbereitungen für die Apokalypse zum Scheitern verurteilt sind. Ich werde früh und unwürdig sterben.

...

»Es gibt auch uralte Arten des Prepping«, sagt Ben. Die Anhänger der Mysterienkulte glaubten daran, dass das Erste, was eine gestorbene Seele in der Unterwelt sehen würde, die Quelle des Flusses Lethe sein würde. Sie entsprang unter einer weißen Zypresse. Die Seele kam sehr durstig, durfte aber nicht der Versuchung zu trinken nachgeben, denn das Wasser dieser Quelle war das Wasser des Vergessens. Zu den Übungen der Mysterienkultanhänger gehörte, extremen Durst zu ertragen.

Bedenke den abnehmenden Glanz der Erde ...

Ich erinnere mich, dass ich bei unserer ersten Verabredung mit Ben darauf wartete, dass er mir von seiner grauenhaften Kindheit oder seiner jüngst entwickelten Drogensucht und so weiter und so weiter erzählen würde, aber stattdessen erzählte er mir von dem Gemeinschaftsgarten, an dem er beteiligt war. Die Auberginen machten ihm Probleme, sagte er. Aber er hatte die Hoffnung noch nicht aufgegeben. Vielleicht mit etwas mehr Regen oder etwas mehr Sonne. Ich weiß nicht mehr, welches von beiden er brauchte.

...

Es gab einmal einen Einsiedler in der Wüste, der Dämonen vertreiben konnte und sie dann fragte:
Was vertreibt euch? Das Fasten?
Wir essen und trinken nicht, erwiderten sie.
Mahnwachen?
Wir schlafen nicht, erwiderten sie.
Die Abkehr von der Welt?
Wir leben in der Wüste.
Und welche Macht vertreibt euch dann?

Nichts kann uns etwas anhaben außer der Demut, erklärten sie ihm.

. . .

Sie spielen ein Brettspiel, als ich nach Hause komme. »Wenn du mir Holz gibst, gebe ich dir etwas Weizen und einen Ziegelstein«, sagt Eli zu Ben.

Ich habe sie einmal gefragt, was ich tun könnte, wie ich ihn vorbereiten könnte. Es wäre gut, wenn er handwerkliche Fähigkeiten hätte, sagte sie. Und natürlich keine Kinder.

SECHS

Ich werde mir endlich die Krone machen lassen. Bisher habe ich mich davor gedrückt, aber jetzt gehe ich hin. Der Hygieniker redet mit mir über das Wetter. Der Zahnarzt kommt mit Handschuhen und Maske. Er sagt, ich hätte einen ungewöhnlich kleinen Mund. Ich öffne ihn weiter für ihn.

. . .

Es gab einmal ein Volk mythischer Arktisbewohner, die Hyperboreer. Das Wetter bei ihnen war mild, die Bäume trugen das ganze Jahr Früchte, und niemand war jemals krank. Doch nach tausend Jahren langweilte sie dieses Leben. Sie schmückten sich mit Girlanden und sprangen von den Klippen ins Meer.

»Worin liegt der grundsätzliche Wahn?«, fragt Margot ihren Kurs, aber niemand weiß die richtige Antwort, und sie gibt sich nicht die Mühe, es uns zu sagen.

. . .

Sobald Ben zurück war, hat er dafür gesorgt, dass ich einen Arzttermin ausmache, um den Leberfleck an meinem Arm untersuchen zu lassen. Ich stand da in meinem schmuddeligen Büstenhalter und Unterwäsche aus dem Sonderangebot, während der Arzt mich untersuchte. Er war eine gepflegte Erscheinung mit einem silbergrauen Haarschopf und einem undefinierbaren europäischen Akzent. Er hielt ein Vergrößerungsglas an meine Haut. Beschrieb jede einzelne Hautverfärbung meines Körpers: höchst unwahrscheinlich, dass es Krebs ist! Höchst unwahrscheinlich, dass es Krebs ist!

Er hatte eine melodiöse Stimme. Ich wünschte, dass jeder Tag so wäre, in Scham und Furcht begonnen und in herrlicher Erleichterung endend.

...

Glaube nicht, dass du traurig sein musst, weil du ein Revolutionär bist.

...

Ben und ich haben eine Liste der Erfordernisse für unsere Weltuntergangszuflucht zusammengestellt: fruchtbares Ackerland, eine Quelle, Zugang zu einer

Bahntrasse, ein hoher Hügel. Ein Hügel wegen Über-schwemmungen oder zur Verteidigung? Beides. Ich baue uns eine Befestigung, hat er gesagt und ist dann ins Internet gegangen, um zu erfahren, wie man das macht.

Man muss kleine, unauffällige Sachen besitzen. Ein Ge-nerator ist zum Beispiel gut, aber 1000 Feuerzeuge sind besser. Ein Generator kann Aufmerksamkeit erregen, wenn es Probleme gibt, während 1000 Feuerzeuge kompakt sind, billig und immer zum Tauschhandel verwendet werden.

»Moment mal, wann hast du zu rauchen angefangen?«, sagt Ben, als er sie in einer Schublade findet.

Etwas ist geschehen, als er verreist war. Er hat alles be-rechnet, alles ausgerechnet, und jetzt hat er ein Epikur-Zitat über seinem Schreibtisch an der Wand gepinnt.

Du bist nicht irgendein neutraler Beobachter / Bemühe dich.

. . .

In diesen Katastrophenfilmen sagt der Held immer: »Vertrauen Sie mir«, und derjenige, der sterben wird, sagt: »Habe ich eine Wahl?«

»Nein.«

Das sagt der Held.

. . .

Ich gehe mit Eli zum Spielplatz. Jemand kommt mit gesenktem Kopf an uns vorbei, schlägt mit den Armen
nach links und rechts aus. Im Licht sehen die Gebäude
weiß gestrichen aus. Die Luft riecht süßlich. Abneh-
mender Glanz, aber noch nicht ganz erloschen, würde
ich sagen.

Ich habe meine Meinung geändert. Du kannst ein Kind
haben. Es wird klein sein und Augen wie eine Katze haben. Den Geschmack von Fleisch wird es nie kennenlernen.

Frage: Was ist der Unterschied zwischen einer Katastrophe und einem Notfall?

Antwort: Eine Katastrophe ist ein plötzliches Ereignis,
das große Schäden und Verluste bewirkt. Ein Notfall
ist eine Situation, in der normales Handeln nicht mehr
möglich ist und sofortiges Handeln erfolgen muss, damit eine Katastrophe verhindert wird.

Was, wenn wir einen Spaziergang machen würden, wenn wir auf die Straßen gingen?

Das ist unmöglich.

Das ist fast nicht möglich.

...

Sri Ramakrishna sagte: *Suchen Sie nicht nach der Erleuchtung, wenn Sie sie nicht suchen, wie ein Mann, dessen Haare brennen, einen Teich sucht.*

...

Manchmal kommt es mir wieder in den Sinn, die Art, wie das Licht durch diese Fenster fiel. Der Staub war gegenwärtig. Jedenfalls, wenn man lange genug hinsah.

Die Unitarier knien nie. Aber ich will knien. Später mache ich zu Hause mein Bett. Das älteste und beste aller Gebete: *Erbarmen.*

...

Ich gehe mit meiner Mutter in die Kirche. Unsicher bete ich um Kraft, um Gnade. Sonnenlicht fällt durch die Fenster herein. Da ist der Staub, an den ich mich erinnere. Bald wird es Zeit sein, allen um uns herum die

Hand zu geben und mit ihnen zu sprechen. Aber ich weiß nicht, was in ihren Herzen ist. Einer von euch wird mich verraten, glaube ich. Aber meine Mutter ist so froh, dass ich gekommen bin. Sie sitzt so nahe neben mir, wie sie kann. Der Geistliche spricht von der unsichtbaren und der sichtbaren Welt, aber nicht davon, wie man den Unterschied erkennt. Ein alter weißer Mann in der Kirchenbank vor uns dreht sich als Erster um und greift nach meiner Hand.

Friede sei mit dir.
Und mit dir.

...

Sylvia ruft mich an. Dieser unendliche Himmel macht sie jetzt geduldiger, wenn ich über die Mystiker spreche.

Es gibt da diesen Gedanken in den unterschiedlichen Traditionen. Über den Schleier. Was, wenn wir ihn zerreißen? (Willkommen, sagen die Farne. Wir haben dich erwartet.)

»Natürlich geht die Welt langsam unter«, sagt Sylvia und legt dann auf, um ihren Garten zu gießen.

...

Wenn man denkt, man hätte sich verlaufen: Keinesfalls die Karte knicken. Sagen Sie nicht, es sei vielleicht ein Teich gewesen, kein See; vielleicht floss der Fluss nach Osten, nicht nach Westen. Hinterlassen Sie eine Fährte, wenn Sie weitergehen. Versuchen Sie, Bäume zu markieren.

Stimmzettel, Stimmzettel, sagten alle, aber ich habe den Stimmzettel in eine Maschine gesteckt. Einige von uns laufen vor dem Gebäude umher. Nackenhaare aufstellen, denke ich.

Hallo? Hallo?
Was für einen —
Was für einen Notfall haben Sie?

Es heißt, Leute, die sich verirrt haben, laufen wie in Trance am eigenen Suchtrupp vorbei. Vielleicht habe ich dich gesehen. Vielleicht bin ich auf meiner Straße an dir vorbeigekommen. Wie soll ich dich erkennen? Vertraue mir, wirst du sagen.

...

Auf dem Weg nach Hause fegt der Wind Zeitungen über die Straße. Ein Mann schläft in einem Hauseingang, und eine Zeitung schmiegt sich um seine Füße.

Ein Besucher fragte die alten Mönche auf dem Berg Athos, was sie den ganzen Tag täten, und erfuhr: *Wir sind gestorben und lieben alles.*

...

Wir wissen nicht, ob es eine neue Maus oder die alte Maus ist. Das ist der fatale Nachteil einer Lebendfalle, sagt Bens Schwester. Manche benutzen Farbe, um jede Maus zu kennzeichnen. Einmal lass ich mich zum Narren halten, und so weiter und so weiter. Aber so weit sind sie noch nicht. Wenn wir auf ihr Haus aufpassen, muss Ben diese Aufgabe übernehmen. Zuerst das Geräusch, wenn das Genick bricht, und dann die Maus wegbringen. Mittlerweile drei Nächte nacheinander. Wir hören die Maus in der Falle rumoren. Ben steht auf, zieht Schuhe an, erlaubt sich einen Seufzer. Ich ziehe mir die Decke über den Kopf, während er die Falle auf den Beifahrersitz stellt und dann eine Meile den Schotterweg entlang bis zu der großen Wiese fährt. Aber die Fahrt ist beschwerlich. Fänger, Gefangener. Das Mondlicht auf der Windschutzscheibe. Niemand sagt etwas, meint er.

Nachts knarzen die Fußböden. Henry tigert oben hin und her. Er versucht, sich müde zu laufen oder vielleicht Iris müde zu laufen. Beiden geht es gut, weil niemand weint. Er hat jetzt seine Bestätigung über sechs Monate Enthaltsamkeit. Solche Bestätigungen hatte er früher schon, aber diese bewahrt er in der Brieftasche auf. Früher hat er sie Eli zum Spielen überlassen.

Der Zahnarzt hat mir etwas mitgegeben, damit ich nicht im Schlaf mit den Zähnen knirsche. Ich überlege, ob ich es tragen soll, und entscheide mich dagegen. Mein Mann liegt unter der Decke und liest ein umfangreiches Buch über einen uralten Krieg. Er schaltet das Licht aus, zieht die Bettdecken so zurecht, dass wir es warm haben. Der Hund tappt mit seinen Pfoten leise ans Bett. Träumt vom Laufen, von anderen Tieren. Ich wache auf, als ich Schüsse höre. Walnüsse auf dem Dach, sagt Ben. Der grundsätzliche Wahn besteht darin, dass ich hier bin und du dort bist.

https://www.obligatorynoteofhope.com/

DANKSAGUNG

Der John Simon Memorial Foundation möchte ich für die großzügige Unterstützung meiner Arbeit danken.

Ohne das Geschenk von Zeit und Raum, das mir die Macdowell Colony und Art Omi verschafft haben, hätte ich dieses Buch nicht fertigstellen können.

Dank gilt auch der Abramovich Foundation, dem Beckman House, der Blaine Colony, der Kearney Farm und dem Koehlert Cottage für Stipendienaufenthalte, als ich sie am dringendsten benötigte.

Und ich danke meinen Eltern David und Jane Offill für ihre moralische und logistische Hilfe, als die Sorge über den Abgabetermin mich fast verrückt machte.

Ich danke meinem Lektor Jordan Pavlin und meiner Agentin Sally Wofford-Girand, die mir unermüdlich mit unverzichtbaren Ratschlägen und geduldiger Ermutigung zur Seite standen.

Laura Barber und dem großartigen Team von *Granta* danke ich für ihre Hilfe.

Und Tasha Blaine und Joshua Beckman danke ich, dass sie mir durch die ersten Entwürfe geholfen haben.

Ich danke Alex Abramovich, Dawn Breeze, Taylor Curtin, Jonathan Dee, Eugenia Dubini, Lamorna Elmer, Rachel Fershleiser, Rebecca Godfrey, Hallie Goodman, Jackie Goss, Maggie Goudsmit, Gioia Guerzoni, Irene Haslund, J. Haynes, Amy Hufnagel, Samantha Hunt, Brennan Kearney, Fred Leebron, Ben Lerner, Kyo Maclear, Rita Madrigal, Lydia Millet, Emily Reardon, Elissa Schappell, Rob Spillman, Dana Spiotta, Kieran Suckling, Nicholas Thomson, Eirik Solheim und Jennifer Wai-lam Strodl.

Und am meisten danke ich für alles Dave und Theodora und unserem Hund Jetta.

ANMERKUNGEN

S. 54 »Wenn ich einatme, weiß ich ...« stammt aus einem klassischen buddhistischen Rezitativ mit dem Titel *Die fünf Erinnerungen*. Die Meditationstonlehrerin hat es ziemlich eigenwillig übersetzt und nur vier der fünf Strophen. Das Original findet sich in *Plum Village Chanting and Recitation Book*, zusammengestellt von Thich Nhat Hanh und den Mönchen und Nonnen von Plum Village.

S. 71 »Als Häuser lebendig waren«, Prosagedicht, erzählt von Inugpasugjuk, in *Technicians of the Sacred*, herausgegeben von Jerome Rothernburg, Garden City, New York, Anchor Books, 1969.

S. 100 »*hätten ihm Leute verschafft, die mit dem Fachgebiet vertraut seien*«; ich verdanke diese Worte Clive Hamilton, der sie in »Why We Resist the Truth About Climate Change« zitiert bei der Science-and-Politics-Konferenz im Naturkundemuseum Brüssel am 28. Oktober 2010. Den Originaltext findet man in *Arms and the Covenant: Speeches by the Right Hon. Winston Churchill*, George C. Harrap & Ltd., 1938. Die zitierte Ansprache wurde am 30. Juli 1934 vor dem Unterhaus gehalten.

S. 113 »Die ausschlaggebende Frage für unsere Generation« ist ein Zitat aus *God is the Gospel: Meditations on God's Love as the Gift of Himself* von John Piper.

S. 116 »Untersuche das Wasser, das du trinkst« ist abgeleitet von »Where You At? A Bioregional Quiz«, entwickelt von Leonard Charles, Jim Dodge, Lynn Milliman und Victoria Stockley und veröffentlicht in *Coevolution Quarterly* 32 (Winter 1981).

S. 183 »Hunt et al. …« Ein Exzerpt aus dem Artikel »The Value of Pets for Human Health« in *The Psychologist* (März 2011).

S. 194 »Ich finde es wirklich schwer …« Das sagte Professor Katrin Meissner vom Climate Change Research Centre, nachzulesen in einer Mitschrift der Fernsehsendung *ABC Lateline* vom 27. Juni 2017 mit dem Titel »Climate Scientists Reveal Their Fears for the Future«.